LEONHARD HIERONYMI

DER GUTE KÖNIG

Roman

Hoffmann und Campe

1. Auflage 2023
Copyright © 2023
Hoffmann und Campe Verlag GmbH, Hamburg
www.hoffmann-und-campe.de
Umschlaggestaltung: © Lübbeke Naumann Thoben, Köln
Umschlagabbildung: © Getty Images / Cindy Ord
Satz: Pinkuin Satz und Datentechnik, Berlin
Gesetzt aus der Trump Mediaeval LT
Druck und Bindung: GGP Media GmbH, Pößneck
Printed in Germany
ISBN 978-3-455-01619-2

HOFFMANN
UND CAMPE

Ein Unternehmen der
GANSKE VERLAGSGRUPPE

Für Babba

Deshalb verlachen sie uns auch, weil wir die Handwerker für niedrig erachten und diejenigen edel nennen, die kein Handwerk erlernen, untätig daherreden und eine Menge Sklaven zu ihrer Muße und zu ihrem Vergnügen halten; daraus gehen dann auch wie aus einer Schule des Lasters Scharen von Taugenichtsen und Übeltätern zum Verderben des Staatswesens hervor.

Tommaso Campanella, Der Sonnenstaat

I love the poorly educated!

Donald Trump

HANDELNDE PERSONEN

Fansi, Handwerker, angestellt bei der Hieronymus Bosch GbR; vormals Lehrling und Geselle beim Metallverarbeitungsunternehmen Perugino AG

Bashkim, Fansis bester Freund, beschäftigt bei Perugino

Kira, Fansis Freundin und Medizinstudentin

Hieronymus, alter Meister und Inhaber des Sanitär-, Heizungs- und Klempnerbetriebs Hieronymus Bosch GbR

Claudius Roosbek, Rechtsanwalt

Tamara Roosbek, dessen Ehefrau

Jeff Koons, amerikanischer Künstler, sehr reich und an allem schuld

Hajo Daberkow, ehemaliger Hedgefonds-Manager

Bill / Marcel, Metallarbeiter

Greg und Gerry, Mitarbeiter von Jeff Koons

Jane Hartley, ehemalige US-Botschafterin in Frankreich und Monaco

Ralph Schlosstein, deren Ehemann

Georgi, Geldeintreiber

Meuer, der letzte Lehrling bei Hieronymus Bosch, Alkoholiker

Marina Perugino, Vorstandsvorsitzende der Perugino AG

MATERIE

Luftballontulpen aus Aluminium und Edelstahl
Eine lackierte Hand aus Bronze
Granite aus Simbabwe
Gebläuter Stahl
Kupferrauch
Französischer Muschelkalk
Edelstahl aus Eisen, Chrom und Mangan
Austern mit hohem Zinkanteil
GBz-Zinn mit max. 0,3 Prozent Bleianteil
Ein Hulk mit Fünffachtuba aus polychromer Bronze
 und Messing
Paris
Alkohol, Energydrinks, Zigaretten

INHALT

AM HANG

1

Mein Chef und ich kamen gerade vom Großhändler zurück. Unser Kunde hatte eine Toilette aus geflammtem Porzellan ohne Spülrand bestellt, die jetzt hinten im Fiorino lag. Vielleicht war das ja der letzte Auftrag, den wir haben würden: diese spülrandlose Toilette einzubauen.

Im Wagen roch es nach ausgelaufenem Diesel und Mehrzweckfett. Es roch nach Arbeit. Im Handschuhfach lagen Kaugummis, Hautbalsam, Rubbellose (alles Nieten), ein Zollstock, Lesebrillen, Bleistifte, Taschenmesser und ein Taschenrechner, Kronkorken und Dichtungsringe. Durch den Fußraum flogen leere Bierflaschen, und im Kofferraum rollte ein Lötgerät abwechselnd gegen das Klo und gegen die Verpackung eines Warndreiecks ohne Warndreieck.

Man konnte den Geruch hier drin eigentlich nicht als Mischung verschiedener Düfte bezeichnen, sondern als eigenen, neuen Geruch, der sich aus den Aromen von Metall, Schmierfetten, Proteinen in Form von Kotresten, Öl und dreckigem Wasser zu einem Ganzen zusammensetzte. Und dann hing da noch der gute alte Duftbaum unter dem Rückspiegel und kämpfte mit »Sportfrische« gegen diesen neuen Geruch an.

Ich mochte ihn. Ich mochte den Geruch im Firmenwagen genauso wie den vom kalten Metallstaub, der sich nach einem langen Arbeitstag langsam in der Werkstatt und in unseren Lungen absetzte. Es war mein Lieblingsduft, und es war mir egal, was die anderen von ihm hielten.

Mein Chef parkte nicht weit vom ersten Bierwagen im Halteverbot. Ich hatte den bevorstehenden Handwerkerfrühschoppen schon den ganzen Morgen wie einen Zahnarztbesuch verdrängt, wusste aber auch, dass ich nicht drumrum kam. Jedes Jahr an einem Montag Anfang Juli musste ich mit Hieronymus Bosch hier anrücken. Vor zwei Jahren waren wir noch zu sechst gewesen, letztes Jahr zu dritt, und heute waren es nur noch der Chef und ich.

Ich sträubte mich. »Fansi, ich befehle das, das ist der höchste Festtag, da kannst du dich auf den Kopf stellen«, sagte mein Chef. »Du bekommst die Stunden doch bezahlt. Von mir aus auch die Überstunden.«

Auf dem Festplatz stank es wie aus den geöffneten Toren eines Kuhstalls. Der Boden war komplett mit Stroh ausgelegt. Das ganze Wochenende hatten Horden apfelweintrinkender Männer in dieses Stroh uriniert, dicke Strahlen, wie Pferde. Und jetzt, zum Montag und als großes Finale: der Handwerkerfrühschoppen! Hier würde wochenlang kein Halm mehr wachsen.

Der Platz bot jedes Jahr denselben jämmerlichen Anblick. Er bestand aus einem Autoscooter mit dem leuchtenden Schriftzug CRASH ZONE, davor stand ein Automat mit einem Boxsack, auf den mehrere Typen unter Gelächter einschlugen, bevor sie das ganze »aus Spaß« miteinander machten. Es gab eine Losbude, zwei

Karussells für Kinder und einen Schießstand. Am Rand des Festplatzes, zum Feld hin, stand eine bis auf ihre Krone fast kahle Fichte, an deren Spitze eine Hexe aus Stoff hing, die zusammen mit dem Baum am Abend in Flammen aufgehen sollte.

»Verbrennen die auch noch die einzige Frau, die sie hier haben«, sagte ich zu meinem Chef.

Er ging humpelnd neben mir her und schüttelte schon dem ersten Kollegen die Hand. »Da können Ostern und Weihnachten daheimbleiben!«, rief er. »Sind ja wirklich *alle* hier.«

Ich hatte den Drang, mich zu verstecken, aber ich war lang und dünn und krumm und fiel auf. Ich verstand das Konzept Handwerkerfrühschoppen einfach nicht.

Wir liefen direkt auf das riesengroße weiße Festzelt zu, das sich am Rande des Ackers wie ein Schneeberg, wie ein Sauf-Montblanc, auftat und in dem bei dieser Hitze Hunderte Besucher zu einer Musik grölten, in der es um Cowboys, Unsterblichkeit, Zuckerpuppen, Amsterdam, Liebe und die pure Lust am Leben ging. Ich wollte am helllichten Tag und nüchtern, wie ich war, auf keinen Fall überheblich wirken, aber man schien mir anzusehen, wie sehr ich das hier verabscheute. Sie rochen meine Unsicherheit, und das machte mich zum perfekten Opfer der Kerbeburschen, die mit ihren weißen Hemden und Schiebermützen überall schwankend Apfelwein verschütteten.

Ich fragte mich, was mir überhaupt noch blieb, wenn ich die neureiche Kundschaft, für die ich eben noch beim Großhändler gestanden hatte, und die Kerbeburschen gleichermaßen verachtete. Irgendwo musste ich doch auch mal Zugeständnisse machen. Also beschloss ich, mich hier volllaufen zu lassen. Mir blieb eh nichts anderes übrig.

Vorm Zelt stellten wir uns am Grill an. Eigentlich wollte ich nichts essen, aber ich ließ mich von meinem Chef zu einer Rindswurst überreden. Wir liefen mit den Brötchen ins heiße, stickige Festzelt, in dem ein ohrenbetäubendes Menschenbrausen herrschte, das von der Blaskapelle auf der Bühne kaum übertönt werden konnte. Es war brechend voll und stinkend heiß. Hunderte schwitzende Handwerker saßen an Bierbänken und brüllten sich gegenseitig über die Tische Schweinereien zu. Die Luftfeuchtigkeit war höher als am Orinoko.

Ich setzte mich auf eine Bierbank neben einen betrunkenen Kerbeburschen, der mir sofort nass ins Ohr rief: »Wir haben schon sechseinhalbtausend Lidder weggesoffen, sechseinhalbtausend Lidder, wir sind der größte private Abnehmer von Possmann Apfelwein, den's gibt.« Im selben Moment stolperte hinter mir jemand und goss sich einen großen Schluck vom Possmann Apfelwein über sein weißes Poloshirt. »Wieder ein Viertellidder weg«, sagte der Typ neben mir und lachte, und er kam mir dabei so nahe, als wollte er mich küssen. Einen Augenblick später merkte ich, dass er mich *wirklich* küssen wollte.

»Ich bin de Frank Jäger«, sagte er. »Ich war mal Kreissieger gewesen.«

»Ich auch«, sagte ich.

»In was?«, lallte er.

»Metallbau. Ich war bei Perugino in der Kunstabteilung.«

»Anlagenmechanik bei Wolfram Flasch«, sagte er, und wir schüttelten uns kurz die Hände. Ich konnte es kaum glauben. Frank Jäger sollte mal Kreissieger gewesen sein? Was der Alkohol alles anrichtete. Frank Jäger blickte mich lange an und sagte nichts, weil er so besoffen war. Mir kam es vor, als würde auf solchen Festen und besonders bei jungen Männern mit roten Köpfen eine unterdrückte Homosexualität zum Vorschein kommen. Wenn ich mich umblickte: Wer da alles wem in den Armen lag! Dabei war es keine zwölf Uhr.

Ich beobachtete meinen Chef, der sich am Zelteingang von mir getrennt hatte. Ich sah, wie er allen – egal ob Konkurrenz oder alten Kollegen – die Hand gab und laut mit ihnen lachte. Unglaublich, wer sich alles in diesem Zelt versammelte. In unserer Stadt würde heute niemand mehr ein verstopftes Klo reparieren, niemand einen Reifen wechseln, ein Dach decken oder eine Wand abbeizen. Niemand! Alle Handwerker waren hier und soffen. Und morgen würden alle wieder zurück ans Werk gehen, vollkommen arbeitsunfähig. Und dann passierten die Unfälle: frei liegendes Fettgewebe, bis auf die Sehnen sichtbare Fleischwunden, Knochenfrakturen, pulsierende Blutungen.

Erst nach einer ausgiebigen Runde durchs Zelt setzte sich mein Chef zu mir und begann seine kalte Wurst zu essen. Ich betrachtete ihn von der Seite. Vom grauen und leicht lockigen Haaransatz rann ihm ein bisschen Schweiß ins Gesicht. Mein Chef war ziemlich braun, weil seit Wochen die Sonne brannte und wir im Juni an einem Haus eine Kupferrinne montiert hatten, einer unserer spärlichen Aufträge. Seine Zähne und sein Zahnfleisch waren ein bisschen grün, man sprach da vom Gussfieber: Er nahm zu viel Kupferrauch auf. Aber sonst sah er echt gut aus. Eigentlich war er recht entspannt dafür, dass sein Betrieb gerade den Bach runterging. Und ich glaubte, dass er auch einen Haufen Intelligenz besaß, die sich privat vor allem in seiner Großzügigkeit zeigte. Allerdings wurde sie von einigen Kunden, meistens denen mit richtig viel Geld, auch ausgenutzt. Manchmal warf ich ihm das vor, aber er schaute mich immer nur mit hellwachen Augen wie denen eines gesunden Babys an und sagte: »Ausgenutzt werden ist eigentlich schön – man muss es sich nur leisten können.«

Als ich mich einigermaßen an den Lärm gewöhnt hatte und das zweite große Bier anfing zu wirken, kam jemand durch die Menge grölend auf mich zu, nahm meinen Kopf zwischen seine feuchten Hände und rieb seine Fettstirn an meiner Fettstirn, während er schrie: »Ein Augenblick, der uns unsterblich macht, unsterblich macht, uh, uh!« Dann ließ er mich los und stiefelte auf eine Frau zu, die in seiner Nähe stand. Er ruinierte ihr mit seinen Wurstfingern die Frisur, sie schrie ihn an. Der Typ zog eine Schnute und nuschelte etwas und torkelte endlich aus dem Zelt. Erst da fiel mir auf, dass es sich um Meuer handelte, unseren vorletzten Mitarbeiter, der Anfang des Jahres versucht hatte, mit einem Draht Geldscheine aus der Kaffeekasse am Eingang unserer Werkstatt zu klauen. Er war wohl auch

Kerbebursche, und ich hatte ihn auf den ersten Blick nicht erkannt, weil er jetzt einen Klobrillenbart im Gesicht trug: einen Rund-um-den-Mund-Bart. Mein Chef hatte ihn wegen der Klaugeschichte fristlos entlassen, und Meuer war so sauer gewesen, dass er dessen Biersauferei daraufhin bei der Handwerkskammer angezeigt hatte.

»Das war Meuer«, sagte ich zu meinem Chef. »Er hat jetzt einen Klobrillenbart.«

Mein Chef war gerade in ein lautes Gespräch mit seinem Konkurrenten, dem Heizungsbauer Edzard Blumenstein, verwickelt. »Was ist los?«, fragte er und schaute mich mit hängenden Augenlidern an. Er hatte von der Wurst nur wie ein Mäuschen gegessen, das am Käse nagt, war dafür aber schon beim dritten Bier.

»Das war Meuer. Meuer! Der dich bei der Handwerkskammer angeschmiert hat. Der dahinten, mit dem ekligen Bart«, sagte ich laut. Und dann sagte ich noch etwas lauter, um mich gegen die Musik zu wehren: »Ich glaub, ich geh nach Hause!«

»Du bleibst!«, rief mein Chef. »Hol uns mal bitte noch ein Bier und dem Gert auch. Sei so gut.«

Ich stand auf und blieb mit den Ellbogen an der weißen Plastiktischdecke kleben. Ich hatte eine unglaubliche Wut. Dass er hier herumsaß und sich zulaufen ließ, war mir unbegreiflich. Keine Frau, keine Familie, ein Betrieb, der vollkommen am Ende war, und dann musste er auch noch hierherkommen und sich so gehenlassen. Ich wischte mir die Hände an den Arbeitshosen sauber und ging Bier holen. Beim Ausschank roch es sauer, ein bisschen Kotze war dabei und Spüli.

Ich schrieb Kira eine Nachricht. Ich erklärte ihr, dass ich im Festzelt sei, und hängte ein »haha« hintendran, damit sie nicht glaubte, ich sei freiwillig hier. Anschließend schaute ich alle zwanzig Sekunden vergeblich auf mein Handy, ob sie mir geantwortet hatte. Ich schrieb Bashkim und fragte ihn, ob er mich nach Feierabend hier rausholen könnte. Er antwortete auch nicht.

Als ich mit dem Bier auf dem Weg zurück zum Platz war, hatten sich zu meinem Chef und Blumenstein gerade Hans-Jochen und Hans-Robert gesetzt, die letztes Jahr die Ventilatorenfabrik ihres Vaters Hans-Joachim übernommen hatten. Man konnte ja wirklich sagen, was man wollte, aber der Mittelstand hatte Humor.

Ich hockte mich zu ihnen auf die Bank, trank mein Bier und ließ den Blick schweifen. Am Eingang hatten sich alle möglichen Kerbeburschen versammelt, zu denen sich Frauen mit blausilbernen Schärpen und ein paar grölende Handwerker gesellten, als würden sie alle auf etwas warten. Auch Meuer stand wieder dabei und beobachtete mich aus den Augenwinkeln.

Ich hatte die Schnauze voll. Dieser Typ ging mir tierisch auf den Sack, ich konnte dieses Geglotze nicht ausstehen. Ich stellte mein Bier ab und lief in Richtung Ausgang auf Meuer zu. Ich musste mich an allerlei Handwerkertypen vorbeidrängen, die unkontrolliert durch die Gegend liefen und alle noch in ihren Engelbert-Strauss-Sachen steckten. Ich schlug mir die Knie an den Hämmern der Dachdecker wund, bis ich schließlich neben Meuer stand.

»Und?«, sagte ich und nickte ihm zu. Meuer antwortete nicht, es war ihm unangenehm, dass ich auf ihn zugegangen war. Er murmelte nur irgendetwas, und auf einmal fuhr ohne Vorwarnung ein Traktor durch den Zelteingang, der einen Hänger hinter sich herzog, auf dem ein im Frack gekleideter Kerbebursche saß, dem alle zujubelten. Das ganze Zelt sang ohrenbetäubend ein Lied, das von der Blaskapelle begleitet wurde: »Der Graf von Luxemburg hat all sein Geld verjuxt, juxt, juxt! Hat 100 000 Taler in einer Nacht verjuxt, juxt, juxt!«

Meuer legte mir einen schweren Arm um meine Schulter, und ich konnte nicht sagen, ob das eine Warnung oder eine Geste der Versöhnung sein sollte. Er sprach davon, dass er »hängengeblieben« sei, und ich fragte mich, ob er das Bierzelt oder den Vorort oder sich selbst meinte. Ich machte mich von ihm los und gab ihm noch einen gut gemeinten Schlag auf den Rücken. Er zuckte zusammen und zog sich seine Mütze tief über die kleinen traurigen Augen. Wenigstens hatte er keine Brackets mehr.

Ich war einfach froh, dass er nicht mehr bei uns arbeitete. Meuer hatte ständig gerotzt, der ganze Boden war übersät gewesen mit grünen, grauen und weißen Schleimklümpchen, und wir hatten uns den ganzen Tag anhören müssen, wie er diese Klumpen tief unten in seiner Kehle suchte, mit geschlossenem Mund nach oben pumpte wie ein Wiederkäuer und dann durch die Luft schickte. Und vor kurzem hatte er noch diese feste Zahnspange mit Brackets getragen, die vor allem beim Ausrotzen sichtbar wurde.

Wenn das Licht am Vormittag zwischen den Bäumen durch die hohen Fenster der Werkstatt schien, konnte ich jetzt noch seine getrockneten Rotzklumpen auf dem Boden erkennen. Aber noch schlimmer war, dass er sich pausenlos in allen Ecken und Winkeln seines Körpers gekratzt hatte. Mich hatte dieses ewige Kratzen und Rotzen einmal so wahnsinnig gemacht, dass ich ihm vor lauter Wut mit einer Bohrmaschine in den Oberschenkel bohren musste. Nicht tief, aber immerhin durch die Arbeitshose hindurch. Er war mir hintergerannt und ich nach ein paar Metern einfach stehen geblieben, um meine Faust nach hinten auszustrecken, in die er dann hineinrannte, und zwar mit einer solchen Wucht, dass ihm eines dieser Brackets aus dem Gebiss flog. Und *falls* er etwas daraus gelernt hatte, dann war das wahrscheinlich das Einzige während seiner Ausbildung bei uns.

Jetzt war er jedenfalls weg. Sowieso hatten in den letzten Jahren nacheinander schon alle das sinkende Schiff verlassen: Giuliano, Rainer, Martin. Nur ich hatte es nicht übers Herz gebracht, und jetzt, nachdem Meuer bei uns rausgeflogen war, war ich der Letzte, der dem Chef im nächsten Jahr zu einem würdevollen Eintritt in den Ruhestand verhelfen konnte.

Aber gerade war ich doch kurz davor, die Reißleine zu ziehen. Es machte einfach keinen Sinn mehr, weiter für ihn zu arbeiten. Heute zum Beispiel waren wir nur beim Großhändler gewesen, um die Toilette abzuholen, die wir morgen bei der Kundschaft einbauen würden, und saßen nun hier rum und soffen. Und so ging das jeden Tag, wir fuhren durch die Gegend, warteten auf Anrufe, tauschten mal einen Fallrohrbogen aus, aber eigentlich passierte nichts. Dabei suchten ja angeblich alle händeringend nach Handwerkern. Davon war bei uns, ehrlich gesagt, nichts zu spüren. Hieronymus Bosch hatte sich durch die Unzuverlässigkeit seiner Mitarbeiter langsam in Luft aufgelöst. Die Stammkunden meines Chefs hatten sich längst der städtischen Konkurrenz zugewandt, wenn nicht sogar dem Betrieb aus Thüringen, der jeden Montag mit einem Trupp in der Region anrückte, in billigen Hotels am Stadtrand übernachtete und Freitagnachmittag nach getaner Arbeit wieder abhaute.

Mir wurde schlecht. Jetzt war ich wieder im Alkoholtunnel und holte mir noch ein Bier, weil Bier durstig machte. Ich setzte mich zurück zu meinem Chef und brüllte ein bisschen mit rum. Dann ging ich zum Pinkeln vors Zelt und stellte mich an den Weidezaun, wo mich die Männer neben mir und die Pferde auf der Koppel anglotzten. Einer von den Typen stand zwei Meter von mir entfernt und hielt sich seinen Penis vorne zu, und als er zu pinkeln anfing, wurde der Penis prall und füllte sich wie ein Ballon. Er drückte ein bisschen darauf herum, sodass kurze Strahlen meterweit zu den Pferden ins Feld schossen, und ich dachte: Lieber hier. Lieber hier, als morgen eine Toilette aus geflammtem Porzellan bei diesen Neureichen einbauen.

Ich war noch nicht ganz fertig, als mich jemand von der Seite anrempelte. Ich machte mich in meiner Biertrübnis auf eine neue Begegnung mit alten Kollegen oder ein paar Ohrfeigen gefasst, aber es war Bashkim.

»Endlich!«, rief ich und schüttelte mich.

»Was soll ich machen?«, sagte er. »Meine Chefin lädt mich halt nicht zum Saufen ein.«

»Glück gehabt«, sagte ich. »Komm, wir hauen ab.«

Aber Bashkim wollte auch Bier trinken, und er wollte Autoscooter fahren. Wir gingen zum Ausschank im Festzelt und holten uns zwei große Gläser, dann tranken wir sie halb aus und versuchten, den Rest nicht auf der Autoscooterfahrt zu verschütten. Wir johlten und rückten unsere Kappen zurecht und zeigten allen unsere krummen Zähne. Danach setzten wir uns an den Rand des Feldes und rauchten und schauten runter nach Frankfurt. Es wurde immer schwüler. Über der Skyline türmten sich große Gewitterwolken, die auch von hinten über das Mittelgebirge auf uns zukamen und unsere mittelgroße Stadt einkeilten. Von weitem sahen wir Meuer, der torkelnd hinter der Frau herlief, die er vorhin begrapscht hatte. Als es zu regnen anfing, suchten wir Schutz im Festzelt und tranken weiter.

»Ich kann nicht mehr«, sagte ich, während sich die Zeltwände im Sturm blähten und dumpfe Schläge von sich gaben. Die Blaskapelle hatte aufgehört zu spielen, ein DJ mit buntem Hut stand jetzt mit erwartungsvollem Blick auf der Bühne und motivierte die schunkelnde Menge.

Ich konnte wirklich nicht mehr und legte kurz den Kopf auf den Tisch, und das war ein Fehler. Plötzlich griff mir jemand hinten in den Bund meiner Arbeitshose und zog daran. Und noch bevor ich mich umdrehen konnte, kippte mir ein Zweiter ein ganzes Glas Apfelwein in die Arschritze. Ich schlug um mich und ließ dann wieder den Kopf auf den Tisch sinken, hinter mir lautes Lachen, das sich langsam entfernte und im Gegröle unterging. Der Apfelwein durchnässte meinen

Schritt, es tropfte auf das Heu unter mir und stank und wurde kalt, und irgendwann begann es zu jucken.

Während ich so dasaß und auf der Holzbank hin und her schubberte, ohne eine gute Position zu finden, standen Hans-Jochen und Hans-Robert gleichzeitig und ohne Vorwarnung von der Bierbank auf, und mein Chef blieb am Rand sitzen. Natürlich hob die Bank am anderen Ende ab und verkeilte sich so, dass sie nach hinten schwang und einem Kerbeburschen die Nase brach, der am nächsten Tisch saß. Aus seiner Nase schossen zwei Blutströme, die eindrucksvolle Muster auf seinem weißen Hemd machten. Er nahm seine Schiebermütze ab, hielt sie sich vors Gesicht und jammerte herum.

Mein Chef wälzte sich erst ein bisschen auf dem Bauch im Heu, dann stand er stöhnend und mit knackenden Knochen auf und klopfte sich ab. Ein paar Kerbeburschen traten auf ihn zu und wollten ihn sich vorknöpfen. Nicht weil sie glaubten, das mit der Bank sei Absicht gewesen, sondern weil schließlich jeder wusste, dass es dumm war, sitzen zu bleiben, wenn andere ankündigten, von der Bierbank aufzustehen. Dabei hatten weder Hans-Jochen noch Hans-Robert irgendetwas angekündigt.

Die Kerbeburschen wollten meinem Chef an die Wäsche, aber Bashkim und ich gingen dazwischen. Meine aufgestaute Wut – die eigentlich mir selbst galt, weil ich es nicht schaffte, endlich zu kündigen, und vor allem immer noch hier im Festzelt abhing – entlud sich, und ich verhakte mich mit meinen langen, dünnen Gräten in den roten fettigen und mit Pickeln übersäten Oberarmen der Kerbeburschen, bis mein Chef endlich sagte, was ich schon vor Stunden hatte hören wollen: »Feier-abend! Wir hauen ab, Fansi.«

Draußen war es dunkler, aber nicht kühler geworden. Es regnete immer noch. Zu dritt liefen wir über das Feld hinterm Festplatz in Richtung Bahnunterführung und Gewerbegebiet. Mein Chef humpelte und musste immer wieder eine Pause einlegen. Er blieb einfach stehen und sagte, dass wir auf ihn warten sollten. Dann schaute er uns eine Weile wortlos an und atmete schwer, bis es irgendwann weiterging.

Meine Apfelweinarbeitshose war inzwischen ein bisschen getrocknet, ich rieb an ihr herum und roch an meinen Fingern. Es roch, als hätte mich jemand angekotzt.

Nach hundert Metern machte mein Chef endgültig schlapp, aber überzeugte uns davon, dass er noch in der Lage war zu fahren. Ich hatte keine Einwände und schaute auf mein Handy. Kira hatte nicht zurückgeschrieben. Ich wusste nicht so recht. Ich konnte es kaum erwarten, nach Hause zu kommen.

2

Bashkim protestierte, als wir sein Mountainbike in den Kofferraum des Fiorino luden. »Das ist doch Quatsch«, sagte er. »Ich muss nur nach unten. Und Fansi muss hoch. Sind doch ganz unterschiedliche Richtungen.« Mir war es egal, ich wollte nur nicht nass werden. Außerdem trank mein Chef immer, und er fuhr immer. »Er hat doch immer Glück«, sagte ich zu Bashkim. »Er hat einen Deal mit einem ostasiatischen Schutzgott oder so, dem passiert nichts.«

Am Anfang der Ortsumgehungsstraße standen zwei Polizisten im Regen und winkten mit der Kelle.

»Wer hat eben das mit dem Schutzgott gesagt?«, fragte mein Chef und lenkte den Wagen auf den Parkplatz eines Unternehmens für Fugensysteme. Ich schwieg.

»Meinen Sie, Sie sind schon über der magischen Grenze?«, fragte Bashkim meinen Chef vom Rücksitz. »Über ein Promille?« Wir hielten alle die Luft an, nur Bashkim konnte nicht aufhören zu reden. »Jetzt geht's los, jetzt geht's los!«, rief er. Mein Chef machte ein bekümmertes Gesicht, und das war selten. Ich wusste, wenn er jetzt den Führerschein verlor, dann musste *ich* ihn durch die Gegend fahren, dann würde er nicht mehr allein zur Kundschaft können, und es war ja außer uns beiden niemand mehr da.

Bashkim schob plötzlich Panik vor der Polizei. »Schleierfahndung!«, rief er. »Ich will jetzt hinten an mein Mountainbike, warum habt ihr mich überhaupt dazu überredet mitzufahren? Ich muss in 'ne ganz andere Richtung und sowieso nur bergab.«

Er hatte recht, er musste wirklich nur bergab. Er jammerte und wand sich in seinem Sitz. Die Fensterscheiben beschlugen, und wir schwitzten.

Ein paar Minuten später stand ich mit Bashkim auf dem Parkplatz, wo wir uns auf einem Geländer abstützten und dabei zuschauten, wie mein Chef den Alkoholtest machte. Die Augenbrauen der Polizisten hoben sich, er selbst kaute auf seinen Fingern herum. Ich steckte Bashkim und mir eine Zigarette an.

Mein Chef trank zwar gern, und er trank auf das Wohl jeglicher Menschen und Ereignisse, allerdings hatte ich ihn noch nie *richtig* betrunken erlebt, er wirkte auch jetzt fast nüchtern. Nur ein- oder zweimal, auf den Weihnachtsfeiern der Firma, hatte ich an kleinen Details – ein feines Lächeln, eine lautere und insgesamt höhere Stimme, tänzelnde Schritte – feststellen können, dass er wirklich betrunken war. Er verachtete Getränke, die keinen Alkohol enthielten, außer Kaffee. Und nicht nur das, er ging so weit, dass er auch Personen verachtete, die nichts tranken beziehungsweise nicht mit ihm trinken wollten. Er akzeptierte es dann zwar meist, ein bisschen beleidigt, aber wenn jemand versuchte, ihm mit der Schädlichkeit von Alkohol zu kommen, dann kannte sein Zorn kein Ende.

»Wer keinen Alkohol trinkt, der muss entweder krank oder verrückt sein. Wahrscheinlich beides«, sagte er. Er glaubte, dass hinter der Abstinenz der Leute meist ein übleres Laster lauerte, wenn nicht gar ein kriminelles. Wer andere am Alkoholismus hindere, müsse lauter dunkle Geheimnisse und ekelhafte Angewohnheiten haben, so seine Überzeugung.

Eigentlich wollten wir meinen Chef vor der Polizei in Schutz nehmen, aber wir trauten uns nicht. Wir hatten Angst, dass sie das Gras finden würden, das Bashkim und ich in den Taschen stecken hatten. Es ins nächste Gestrüpp zu werfen, kam uns aber auch übertrieben vor. So standen wir weiter unschlüssig herum, während mein Chef versuchte, auf einer geraden Linie am Boden nicht das Gleichgewicht zu verlieren.

»Was steht bei euch auf Arbeit gerade so an?«, fragte ich Bashkim.

Bashkim nahm einen tiefen Zug und sagte mit rauchbelegter Stimme, wie ein Geist: »Hab ich dir nicht von dem neuen Kunstwerk erzählt, das wir für Jeff Koons bauen? Eine Hand, die einen Blumenstrauß aus Ballontulpen hält, eine elf Meter hohe Plastik aus Edelstahl und Alu. Die Blüten hab ich heute schön poliert. Wenn es fertig ist, sieht das Ding aus wie ein Blumenstrauß aus Sirup, den Micky Maus im Magic Kingdom aufgestellt hat oder so.« Bashkim bog seinen Rücken durch und stöhnte. Er versuchte, mit seinem Körper den Tulpenstrauß von Jeff Koons nachzuahmen. »Eine Hand«, sagte er und drückte mir seine Kippe zwischen die Finger, »eine weiße Hand, die einen Strauß Tulpen hält.« Er streckte sich. »Fast elf Meter hoch!« Er streckte sich noch mehr und nahm mir dann die Zigarette ab. »So 'ne

Kunstgießerei bei Ulm hat das zusammengeschweißt«, sagte er, fiel wieder in sich zusammen und lehnte sich über das Geländer am Straßenrand. »Und wir machen jetzt die Oberfläche. Das soll ein Geschenk von Jeff Koons an die Stadt Paris sein, zum Gedenken an die Opfer der Terroranschläge von 2015.«

»So wie die Freiheitsstatue, nur umgekehrt?«, fragte ich.

»Kann man so sagen. Der Strauß soll jedenfalls als Symbol gemeint sein. Aber er ist eben nicht so etwas wie die Freiheitsstatue, sondern nur die symbolische Geste selbst: eine Hand, die der Stadt Paris einen Blumenstrauß hinhält. Und dann sehen die Tulpen nicht mal aus wie Tulpen, sondern eben wie Tulpen, die einer aus Luftballons geknotet hat, weißt du? Wie dieser Schwan aus Porzellan, den wir in der Ausbildung mal mit Chrom beschichten mussten.«

»Ja, klar«, sagte ich. »Weiß ich noch.« Ich musste schon sagen, das war ein schwarzer Tag gewesen, als ich bei Hieronymus Bosch landete, nachdem mich meine frühere Arbeitgeberin Perugino entlassen hatte. Zumindest aus jetziger Perspektive. Dabei hatte ich mich damals insgeheim gefreut, zu einem Arbeitgeber zu wechseln, der nicht den ganzen Tag hinter seinem Computer saß und managte. Allerdings war der Anblick eines Arbeitgebers auf der Rückbank eines Polizeiautos eben auch nicht das, was ich mir gewünscht hatte.

»Er ist schon ein bisschen peinlich«, sagte Bashkim und meinte den Blumenstrauß aus Edelstahl. »Aber auch der Wahnsinn. Einfach ein unheimlich geiles Teil. Absolut geil.«

Wir lachten beide und schauten zur Polizei rüber.

»Im September sind wir in Paris auf Montage und stellen das Ding auf. ›Alle werden gerührt sein‹, sagt Koons immer in der Telefonkonferenz.« Bashkim bekam einen kleinen Hustenanfall und behauptete, schuld daran sei das jahrelange Einatmen von Metallstaub. Dem Metallstaub, den auch mein Chef und ich schon seit Jahren beim Zusammenschweißen von Dachrinnen beziehungsweise Kunstwerken einatmeten.

»Ist Koons eigentlich wirklich immer noch so reich?«, fragte ich.

»Er ist der teuerste Künstler der Welt«, sagte Bashkim schulterzuckend und trat die Kippe am Boden aus.

Wir schauten rüber zu meinem Chef, der mit geschlossenen Augen versuchte, die Spitzen seiner Zeigefinger zusammenzuführen. Es lag etwas Feuchtes, Trauriges in der Luft. »Morgen fühlt es sich besser an«, sagte ich leise zu mir selbst. Ich sagte es mit geschlossenen Zähnen und geöffneten Lippen.

»Schau doch, er kann nicht mehr«, sagte Bashkim mit Blick auf meinen Chef. »An deiner Stelle würde ich kündigen, was soll das noch? Warum macht er den Betrieb nicht einfach dicht?«

»Du willst doch nur an seine Werkstatt ran, um da an deinen Motorrädern zu schrauben«, sagte ich.

»Ja«, sagte Bashkim. »Will ich auch.«

»Dabei hast du schon 'ne Werkstatt.«

»Das ist 'ne alte Garage. Ich brauch mehr Platz.«

Bashkim richtete sich auf. »Warum nerven die ihn denn so lange? Diese Ärsche, merken die denn nicht, dass er nicht mehr kann? Diese Arschlöcher!«

Auf einmal lachte mein Chef laut. Er wurde auf die Rückbank des Polizeiwagens gesetzt.

»Sind Sie irgendwie mit ihm verwandt oder anderweitige Angehörige?«, fragte eine Polizistin, die auf uns zukam.

»Was meinen Sie mit *Angehörige*? Klingt, als sei er tot«, sagte Bashkim.

»Sind Sie verwandt mit Herrn ...?« Sie schaute auf ihre Unterlagen.

»Nein, sind wir nicht«, sagte ich und atmete lange aus. Wir befummelten unsere leeren Portemonnaies und die mit Gras gefüllten Dosen in unseren Arbeitshosen.

»Wir nehmen den Herrn jetzt mit auf die Station und machen einen Test, er muss angeblich gerade nicht zur Toilette.«

»Kaum zu glauben«, sagte Bashkim, und wir lachten.

»Sie können ihn ja später auf der Wache abholen«, sagte die Polizistin.

»Wir sind auch betrunken«, sagte Bashkim.

»Wie schön«, sagte die Polizistin, und in ihren Brillengläsern verglühte der letzte Rest von Bashkims Obrigkeitshörigkeit.

»Er ist doch kein Kind«, sagte er. »Er kommt mit dem Taxi oder geht zu Fuß, was denken Sie denn?«

»Das Auto holen Sie morgen früh vor Arbeitsbeginn hier ab, sonst wird das abgeschleppt. Sie können noch Ihr Fahrrad aus dem Kofferraum holen«, sagte die Polizistin.

»Wie auch immer«, sagte ich.

Bashkim sagte, und das war sein Leitspruch: »Wer an der richtigen Stelle aggressiv ist, der ist gut gegen sich und alle anderen.«

Die Polizistin reagierte nicht und ging zurück zum Polizeiwagen, in dem auf der Rückbank mein Chef saß und ein heiteres Gesicht machte, das ausdrückte: Ich hab keine Ahnung, was überhaupt los ist, aber ich bin auf eurer Seite.

Jeder Luftstoß war warm, es hatte aufgehört zu regnen, und die Grillen übertönten beinahe das Rattern von Bashkims Mountainbike, das er neben mir herschob. Wir durchquerten das Gewerbegebiet. Rechts von uns lagen die verwaisten Bürogebäude eines pleitegegangenen Reiseunternehmens. Unkraut wuchs zwischen den Steinplatten auf den Parkplätzen. In einem Tagungshotel am Ende der Straße brannten die Lichter im Restaurant, aber es waren keine Gäste zu sehen. Eine Kellnerin stand an einem Billardtisch und hielt eine Billardkugel gegen das Licht, wie die Erde vor die Sonne. An der nächsten Kreuzung wühlten wir die Wasserstoffausdünstungen der Galvanisierungsfabrik auf, die über die Straße waberten, und verabschiedeten uns voneinander im Nebel.

»Wir sehen uns am Wochenende, oder?«, fragte Bashkim.

»Ja.«

»Oder kommst du vorher mal vorbei? Du warst ja ewig nicht mehr bei deiner alten Arbeitgeberin.«

»Können wir am Freitag miteinander verbinden. Dann schau ich mir mal eure Tulpen an.«

»Mach das«, sagte Bashkim.

Er winkte kurz, dann trat er in die Pedale und fuhr auf dem Hinterrad los nach Hause.

Ich ging allein weiter. Ich hatte keine Lust, mein Fahrrad auf der Arbeit zu holen, und beschloss deshalb, zu Fuß nach Hause zu gehen. Aus einer nahegelegenen Maschinenwerkstatt drang leises Gelächter von jungen Männern in der Nachtschicht zu mir rüber, sonst war es still im Gewerbegebiet.

Ich kam am Gelände der Kleberfabrik vorbei, wo kurze Betonröhren aus der Erde ragten, die den Boden entgifteten. Viel Gift konnte es nicht mehr sein, es wuchsen Bäume zwischen den Betonbrunnen, und am Rand des Grundstücks hatte man einen Kindergarten gebaut. Ich hielt kurz an und schaute eines dieser Entgiftungsrohre hinunter, an dessen Grund es so dunkel war wie im Traum eines Blinden.

Oft dachte ich, wie schön es doch wäre, wenn es so etwas wie eine echte Arbeiterkultur geben würde.

Ein Lastwagen von Air Liquide stand auf der Straße mit eingeschalteten Scheinwerfern und laufendem Motor. Gas oder Flüssigkeit wurde durch einen langen am Boden liegenden Schlauch aus dem Wagen in eine Werkhalle oder aus der Werkhalle in den Wagen gepumpt. Im Führerhäuschen saß der Fahrer bei funzeligem Licht und notierte etwas auf einem Klemmbrett.

Ich schaute über die Mauer der Ventilatorenfabrik von Hans-Jochen und Hans-Robert. Neben der Ventilatorenfabrik hatte ein neues Unternehmen zur Schädlingsbekämpfung seine Büroräume eröffnet. Es warb mit einer Ratte, die vor einer mit Käse bestückten Mausefalle saß. Die Ratte war riesengroß und stand auf dem Vordach vom Haupteingang, ich blickte zu ihr hinauf, unter ihr der Schriftzug: »to be or not to be«. Für die, die sich nicht sicher waren, hatte man noch den Namen des Verfassers darunter geschrieben.

Hinter den Schädlingsbekämpfern überquerte ich eine Brücke und pinkelte von ihr auf die Autos, die jetzt noch unterwegs waren. In die Cabrios, auf die SUVs.

Ich schüttelte, es tropfte, es zwickte ein wenig. Das Zirpen in den Brombeersträuchern wurde übertönt von der einfahrenden S-Bahn. Sie legte sich parallel zur Umgehungsstraße in die Kurve, ein paar müde Menschen saßen auf klebrigen Sitzen und waren eingenickt oder machten sich zum Aussteigen bereit.

Ich ging weiter ins Wohngebiet und atmete die warme Luft ein, die jetzt nicht mehr süßlich-brennend nach Industrie roch. Aus den offenen Fenstern der Häuser hörte ich leise Frauen- und Männerstimmen *Ja! Ja! Ja!* rufen. Alles klebte und trocknete, dann floss es wieder und trocknete erneut.

Ich musste einen leichten Anstieg in die Vorstadt nehmen, wo das Hochhaus stand, in dem ich seit meiner Ausbildung wohnte. Ich ging über die Tiefgarage zum Treppenhaus.

Auf dem Balkon rauchte ich die letzte Zigarette vorm Schlafengehen und rief Kira an.

»Hallo, Kerbebursche«, sagte sie.

»Du machst dir keine Vorstellungen«, sagte ich. »Ich wurde da mehr oder weniger vergewaltigt.«

Sie lachte.

Ich war betrunken. Ich pustete Qualm aus.

»Wo bist du jetzt?«, fragte sie.

»Auf dem Balkon, rauchen«, sagte ich.

»Ohne mich?«

»Leider. Aber ich schaue runter zu dir ins Tal.«

»Ich stehe auch auf dem Balkon und rauche, ohne dich. Und schaue zu dir rauf.«

»Kannst du mich sehen?«, fragte ich. Kira wohnte im achten Stock, ich im dritten. Die Luftlinie zwischen unseren Häusern betrug vielleicht vier Kilometer.

»Ich hol mal das Fernglas, warte kurz«, sagte sie.

Ich wartete und hörte leise Musik im Hintergrund. Dann war Kira wieder da: »Ich steck mir Kopfhörer rein, Moment.«

Ich zog an der Kippe.

»Und?«, sagte ich.

»Das Ding stellt nicht richtig scharf. Also, erst kommt das Feld, dann die Siedlung. Dann das Gewerbegebiet.«

»Ich bin zwischen Kirchturm und Galvanisierungsfabrik, weißt du doch.«

»Das Fernglas ist Mist«, sagte sie. »Aber weißt du, was ich sehe?«

»Was denn?«

»Einen brennenden Baum oder so was.«

Ich schmiss die Kippe nach unten auf die Straße. »Das ist die brennende Hexe auf dem Festplatz.«

Kira stöhnte. »Verstörend«, sagte sie. »Und da warst du?«

»Ich hatte keine Wahl. Mein Chef verlangt das jedes Jahr.«

»Im Namen des Volkes spreche ich ihn schuldig der Verführung gutaussehender Handwerksburschen und ihrer vorsätzlichen Anleitung zur Verblödung.«

Wir lachten.

»Wie war es heute bei dir?«, fragte ich.

»Weißt du doch«, sagte sie. »Bei schönem Wetter muss ich mich immer durch das Gewebe der Motorradfahrer schneiden.«

»Stimmt«, sagte ich.

Wir zogen an unseren Zigaretten.

»Sehen wir uns am Wochenende?«, fragte sie. »Ich komme gern hoch.«

»Da würde ich mich freuen«, sagte ich und reckte eine Hand in die warme Nachtluft. »Riecht es bei dir da unten auch so gut?«

»Ja«, sagte sie. »Jetzt, wo die Zigarette aus ist.« Und dann sagte sie: »Ich bin ganz müde, Fansi. Ich leg mich hin. Schlaf gut.«

»Du auch«, sagte ich. »Gute Nacht.«

Ich legte auf und schaute runter ins Tal. Ich schloss die Augen und versuchte, die brennende Stoffhexe zu riechen, aber es roch nur nach warmer, feuchter Straße.

Ich lief ins Bad und wollte mir die Haare waschen. Vorm Spiegel ging ich in die Knie und betrachtete mich geschrumpft. So würde ich mir besser gefallen, dachte ich. Zehn Zentimeter weniger wären auch gut, vor allem wenn man den ganzen Tag unter Spülkästen hing. Ich betrachtete meinen Kehlkopf und bewegte ihn auf und ab, ohne zu lachen. Dann überlegte ich kurz, ob ich eine Tilidin nehmen sollte, die mir Kira nach einer Arbeitsverletzung in der Unfallklinik besorgt hatte, aber ich entschied mich dagegen.

Mir war schwindelig. Ich hatte jetzt schon Angst vor dem Kopfschmerz morgen früh, schob mein Sofa vor die geöffnete Balkontür und legte mich mit einer dünnen Decke drauf. Meine nackten Füße schauten unten hervor. Ich betrachtete sie eine Weile, dann schlief ich ein.

Eine gefühlte Sekunde später schreckte ich durch Geräusche unter meinem Fenster wieder auf. Ich hörte jemanden nach mir rufen, aber ich war viel zu erschlagen, um nachzusehen.

»Fansi! Fansi, ich bin's nur, dein Chef.«

»Lass mich in Frieden!«, rief ich im Halbschlaf nach draußen.

»Hast du noch was? Hast du noch was oben?«

»Leck mich doch am Arsch«, sagte ich und stand auf.

Ich holte eine Flasche Bier aus dem Kühlschrank und ging auf den Balkon. Ich blinzelte in die Nacht. Unter einer Linde stand mein Chef und nickte zufrieden. »Danke!«, rief er. »Schmeiß runter!«

»Nicht so laut! Warte kurz.« Ich suchte in der Wohnung nach einem Stück Schnur und band sie um den Flaschenhals. Dann ging ich raus auf den Balkon und seilte die Flasche vorsichtig ab, bis sie meinem Chef vorm zufriedenen Gesicht baumelte.

»War also doch nicht alles vergebens, oder?«, sagte er.

Ich wusste nicht, was er damit meinte.

Er floss die Straße hinunter und winkte mir noch einmal über den Kopf zu. Ohne sich umzudrehen, zeigte er mir einen in die Luft gestreckten Daumen und verschwand in der Dunkelheit.

3

Es war ein Kopfschmerz, der nicht besser wurde, wenn man kalt duschte. Und morgens um Viertel nach sieben war es immer noch schwül. Ich lief die Stadt hinunter zum Fiorino, der unberührt im Morgenlicht auf dem Parkplatz der Firma für Fugensysteme stand. Dann fuhr ich durchs Gewerbegebiet zur Werkstatt.

Mein Chef war nicht weniger zittrig als ich. Er schaute mich an. Seine Stirn faltete sich, richtige Gräben bis hinauf zum Haaransatz. »Wir müssen zu Roosbeks«, sagte er. »Dieses Klo einbauen.«

Zusammen luden wir schweigend Material in den Wagen und fuhren in die Hügel. Wir durchquerten die Stadt mit einer Art Phobie: Wir fuhren nicht durchs Gewerbegebiet und über die Umgehungsstraße, sondern nahmen den längeren Weg durch die Dörfer. Im Feld sahen wir das weiße Festzelt leuchten. Traktoren fuhren Heuballen durch die Gegend, neben dem Zelt lagen die verkohlten Überreste der Hexe.

»Was machen Roosbeks eigentlich beruflich?«, fragte ich.

»Dreimal darfst du raten.«

»Wenn's eine Familie ist, dann ist der Typ wahrscheinlich Rechtsanwalt.«

»Treffer«, sagte mein Chef. »Fachanwalt für Kapitalmarktrecht, um genau zu sein. Der wird sich nicht mehr an mich erinnern, aber ich habe denen vor Jahren schon die Bäder gemacht, als das ein Neubau war.«

Ich öffnete eine Coladose, schlürfte ein wenig daran und stellte sie in den zu großen Getränkehalter, wo sie herumwackelte und in den Kurven überschwappte. »Du hättest dir mal einen Renault Kangoo anschaffen sollen oder so was«, fluchte ich. »Die sind bekannt für ihre guten Getränkehalter.«

Mein Chef sagte nichts. Niemand wusste, warum er sich für den Fiat Fiorino entschieden hatte. Er beschimpfte das Modell selbst tagein, tagaus.

Die Klimaanlage arbeitete zu langsam, ich öffnete die Fenster und schaute in die Auffahrten der Reichen. Bungalow reihte sich an KI-Haus, in den Hofeinfahrten standen die Basketballkörbe und Porsche Cayennes. Die Augen der Überwachungskameras beobachteten uns von den Dächern der Carports. Wir fuhren durch einen Dschungel aus haushohen Hecken. Dahinter verbarrikadierten sich die Roosbeks dieser Welt und wollten eigentlich nichts mit uns zu tun haben. Aber sie *mussten* etwas mit uns zu tun haben, schließlich schafften sie es nicht selbst, sich einen neuen Abee, ein neues Bad oder eine neue Dachrinne zu basteln.

»Die Leute mit Geld fühlen sich durch uns Handwerker und Apfelbauern irgendwie verunsichert, vor allem hier im Städtchen«, sagte ich.

»Glaub auch«, sagte Hieronymus. »Die nehmen jedenfalls *null* teil am öffentlichen Leben der Stadt.«

»Ja, die scheißen auf die Gemeinschaft. Immer dieses Abriegeln. Sollen sie doch mal runter zum Apfelweinfest kommen!«

Mein Chef lachte: »Da verirren sich wirklich nur wenige hin.«

»Die haben gar kein politisches oder soziales Interesse hier, die scheißen auf Gemeinschaft«, rief ich aus dem geöffneten Fenster.

»Lass sie, es hilft nichts«, sagte mein Chef.

»Aber es regt mich auf. Weil es andersrum ist, als sie denken. Die glauben nämlich, wir seien unkreativ und kulturlos, dabei ist es genau umgekehrt.«

»Das muss nicht deine Sorge sein, Fansi. Das macht dich nur fertig, ich bin da auch schon durch. Die Neureichen sind auf irgendeine Art und Weise sozial behindert.«

»Aber ich will für die Leute hier oben, dass sie teilnehmen, dass sie andere Menschen wahrnehmen.«

Ich wusste durch die Arbeit inzwischen, dass die Verbindungen, die die Leute hier zu anderen Menschen hatten, nicht wirklich echt waren. Wir hingegen kannten solche echten Verbindungen, auch wenn es ohne Frage manchmal chaotisch zwischen uns zuging, wie man gestern gesehen hatte. Aber hier oben hatte nichts das Format, um tragisch zu werden. Und wenn doch etwas tragisch wurde, dann glaubten sie, dass schon irgendjemand kommen würde, der alles wiedergutmachte.

Während ich mir vorstellte, was hinter diesen Hecken abging, rubbelte ich das Kunstleder am Lenkrad weiter ab, das sich sowieso schon fast verflüchtigt hatte. Dann nahm ich meine Finger in den Mund und kaute auf ihnen herum, so wie mein Chef es immer tat. Kira hatte sich gewünscht, dass ich damit aufhörte, dabei hatte sie einen ähnlichen Tick und kratzte sich den ganzen Tag an den Handflächen. Am Anfang hatten wir uns beide ein bisschen voreinander geekelt. Sie wollte meinen rissigen Händen nicht zu nahe kommen, und ich hätte sie am liebsten nur mit einem Stock angepikst wie eine Nacktschnecke, um ihre Reaktion zu überprüfen. Aber eigentlich konnte ich es gar nicht abwarten, sie mit ihrem Nasenpiercing und ihrer Leichenblässe in die Sonne zu schleifen, um etwas mit ihr zu unternehmen.

Ich legte die Finger zurück aufs Lenkrad. Sie schmeckten sowieso bitter, sie schmeckten nach Arbeit.

Es war ruhig am Montagmorgen, ein paar Kinder waren alleine auf dem Weg zur Schule. Wir sahen ein paar junge Mütter joggen und ein paar alte Mütter mit Stöcken durch die Gegend jagen, die Haare zum Zopf, ein Stirnband gegen den Schweiß, und alle mit Sonnenbrillen. Wir parkten den Wagen am Gehweg. Ich holte aus meinem Rucksack Deospray und sprühte mir eine große Wolke unter die Arme. Mein Chef rümpfte die Nase. Dann holten wir Wasserwaage, Kehrblech, Besen und Werkzeugkiste aus dem Wagen und gingen damit zur Einfahrt der Roosbeks. Mein Chef hatte mir beigebracht, dass es einen guten Eindruck machte, wenn man mit diesen vier Utensilien an der Haustür klingelte. Am besten nahm man auch noch einen Lappen mit, auf dem man gleich die Werkzeugkiste abstellen konnte, dann dachten die Kunden, man sei ein besonders ordentlicher Handwerker, der auf Sauberkeit »plus« achtete, und natürlich nahm ich deshalb immer einen mit.

Wir klingelten. Dann standen wir da, das Material rutschte uns langsam aus den Händen, manchmal wartete man wirklich tyrannische Minuten lang. Ich stellte den Werkzeugkasten ab und schaute in die schwarze Halbkugel über dem Klingelschild. Ein rotes Licht leuchtete. Roosbeks beobachteten uns durch die Kamera. Endlich kam ein müdes »Ja?« aus der Gegensprechanlage. Mein Chef drehte seinen Kopf zur Seite und blies kaum hörbar Luft aus seinem Mund. Dann sagte er: »Hieronymus Bosch.«

Der Mann am anderen Ende der Gegensprechanlage lachte ein abfälliges »Ah ja!«. Es summte kurz, und wir konnten eintreten. Wir gingen über einen Gehweg aus quadratischen Betonplatten zum Haus. Ein Hund rannte aus der offen stehenden Haustür, und ich fluchte leise. Der Hund kam direkt auf mich zu und schnüffelte mir an den Beinen und am Sack rum, ich gab ihm einen kleinen Tritt, dann ließ er mich in Ruhe und widmete sich meinem Chef. »Typisch, lässt erst mal den Köter auf uns los«, sagte er und versuchte, das Vieh zu ignorieren.

Hinter der Tür war es dunkel, niemand zeigte sich. Erst als wir mit unseren klobigen Sicherheitsschuhen auf der ersten von drei Treppenstufen standen, trat Herr Roosbek wie ein Vampir aus dem Schatten. Als hätte er uns schon lange beobachtet, und auch das war typisch für diese neureichen Tyrannen.

»Kommen Sie rein! Meine Frau ist gerade auf Toilette«, sagte der Fachanwalt für Kapitalmarktrecht, und ich konnte ein Lachen nicht unterdrücken, denn ganz ehrlich, wer begrüßte bitte seine Handwerker mit solchen Worten?

Er schaute mich unter seinem Haargel verächtlich an und spielte dabei am oberen Knopf seines Hemdes herum. Sein Mund stand ein bisschen offen, und ich wollte am liebsten direkt wieder umdrehen, so Typen kannte ich noch aus der Schule, die waren schon immer gleich. Eine Minute später kam Frau Roosbek die Treppe herunter. Schon wieder platzte, ohne dass ich es wollte, ein Lachen aus mir heraus, und diesmal warf mir mein Chef einen Blick zu, und darin lag eine so tiefe Müdigkeit, dass ich sofort aufhörte, aber die Frau trug dasselbe Sportoutfit, das die anderen eben auf der Straße getragen hatten: Alles war gleich, vom pinken Stirnband bis zu den schwarzen Leggings. Sie machten bestimmt alle bei derselben Einrichtung eine Farbberatung und sahen deshalb aus wie Klone.

Frau Roosbek blieb mit sicherem Abstand vor uns stehen und gab uns nicht die Hand.

»Na ja«, sagte sie mit Blick auf unsere Schuhe. »Meinetwegen lassen Sie die Stiefel an. Aber haben Sie keine Stulpen wie im OP oder so?«

»Doch«, murmelte mein Chef und wollte mich zurück zum Wagen schieben, aber Roosbeks versperrten uns den Weg nach draußen. Wenigstens beruhigte sich der Hund langsam.

Ich breitete unter dem Staunen aller drei Personen den Lappen auf den Marmorfliesen aus, wie eine Tischdecke, und stellte den Werkzeugkasten drauf. Dann nickte ich allen zufrieden zu. Tamara Roosbek versuchte uns anzustrahlen, aber es lag eine so große Unsicherheit in ihren Augen, dass ich fast schon wieder in Lachen ausbrach.

Ich drängte mich, leise um Entschuldigung bittend, mit meinem Chef und dem Hund an den Roosbeks vorbei, und wir liefen zurück zum Wagen. Ich kramte im Handschuhfach nach den Schuhstulpen, während mein Chef das Klo aus dem Kofferraum zerrte.

»Gut, dass du den Lappen direkt mitgenommen hast, Fansi. Hier hauen wir lieber keine Kratzer in den Boden«, sagte er, und ich wühlte weiter.

»Das sind bestimmt Leute mit vielseitigen Interessen«, schimpfte ich. »Golf, Fernkurse, Gourmetrezepte.«

Mein Chef lachte. »Du bist ja wieder gut drauf heute«, sagte er.

Auf dem Weg zurück zum Haus gab der Hund zwar Ruhe, aber er lief uns so dämlich zwischen den Beinen herum, dass mein Chef das Klo alle paar Meter abstellen musste, um nicht über ihn zu stolpern, weil er ihn nicht sehen konnte. Ich nahm ihm das Klo ab, und er sagte schnaufend: »Wir brauchen nicht länger als 'ne Stunde, wir sind gleich wieder hier raus, Fansi.« Ich schaute mir den Karton des Klos genauer an, es war wirklich eine der teuersten spülrandlosen Toiletten, die man im Moment kriegen konnte.

»*Francisco! Francisco!*«, rief Claudius Roosbek von irgendwo hinterm Haus und meinte damit den Hund.

»Franschissko«, sagte ich. »Der heißt ernsthaft so: Franschissko.«

Zum ersten Mal an diesem Tag mussten wir gemeinsam lachen. Das war gut, es war noch vor neun Uhr.

Im Haus standen wir erst mal wieder im Flur rum, und niemand war da. Wir zogen uns die Plastikstulpen über die Schuhe. »Wir müssen hier runter«, sagte mein Chef, und ich lief ihm hinterher. Ich hatte immer noch Kopfschmerzen. Wir gingen in den Keller, der im Grunde kein Keller war, sondern ein richtiges Gewölbe mit Hobbyräumen, Vorratskammern, Schlafzimmern und Bädern.

Wir gingen durch einen großen Raum, in dem ein Billardtisch stand. »Wie gesagt, ich hab denen hier vor zwanzig Jahren schon einiges gemacht«, sagte mein Chef. »Ich hab mir damals mit dem Architekten den Bauplan angeschaut und auf den Plan gezeigt und gesagt, ›Das müsste der Bodenablauf sein‹, und der Architekt hat sich gekrümmt vor Lachen und gesagt, ›Das ist kein Bodenablauf, das ist der Billardtisch.‹ Da wurden mir die Dimensionen von der Bude hier erst klar.« Ich schaute mich um und dachte an die Folterkammern der Reichen.

Wir kamen in ein recht großes Badezimmer, in dem zwei kleine Fenster auf Kopfhöhe von draußen Licht reinließen. Eigentlich sah hier alles in Ordnung aus, ich verstand nicht, warum sie jetzt unbedingt ein spülrandloses Klo brauchten.

»Es stimmt nicht, oder?«, rief Roosbek, und wir zuckten zusammen. Wieder war er wie ein Vampir hinter uns aufgetaucht: »Dass man sich sein Glück nicht kaufen kann, meine ich. Wer das sagt, hat keine Ahnung. *Spülrandlose* Klos, einfach super!«

Er zeigte seine großen weißen Zähne, und ich zog einen Klumpen Rotz in der Kehle hoch. »Die Rechnung wird am Ende gemacht«, sagte ich, und mein Chef blickte mich ermahnend an. Dann machte Roosbek irgendeinen Witz, brüllte darüber selbst laut vor Lachen und zog wieder ab.

»Lass dich von deinem verfickten Hometrainer rannehmen!«, zischte ich ihm hinterher.

»Es gibt reiche Leute, die sind superokay, Fansi«, sagte mein Chef gelassen wie der ostasiatische Schutzgott, den ich immer mit ihm verband. »Und dann gibt es reiche Leute, die sind Vollarschlöcher.« Er nickte in Richtung Roosbek. »Also pass noch mal auf, dass du hier keine Kratzer irgendwo reinmachst«, sagte er.

»Schon dabei.«

»Ich hatte mal einen, der hat sich Goldtapete ins Bad tapezieren lassen«, sagte mein Chef, während wir unsere Jacken über den Badewannenrand hängten. »Die Rolle für 2000 Mark oder so. Der hatte so ein Blockhaus hier im Taunus, sackteuer alles. Der hat uns am Ende nicht bezahlt. Dem wollte ich die Bude mit Brandpfeilen anstecken, so sauer war ich.«

»Und? Warum hast du's nicht gemacht?«

»Ich hätte wirklich gerne, aber diese Kränkungen musst du über dich ergehen lassen, das gibt's manchmal.«

»Kann man sich nicht rächen, wenn die nicht zahlen? Schick doch einen Russen hin«, sagte ich.

»Ist nicht mein Stil. Aber einem habe ich drüben in Eschborn die Leitung absichtlich verkorkst, der hab ich am Ende selbst nicht mehr vertraut. Und ich *hoffe*, dass die dem bald auseinanderfliegt. Vielleicht ist es schon passiert, und ich habe es nicht mitgekriegt.«

Er hustete ein paarmal laut.

»Also kann man Sabotage begehen«, sagte ich.

»Die Metalllunge«, sagte er, weiter hustend, und klopfte sich mit der Hand auf die Brust. Und dann: »Ja, Sabotage ist gut, aber oft weißt du ja erst nach getaner Arbeit, dass sie nicht zahlen.«

Mein T-Shirt klebte, ich wischte mir Schweiß von der Stirn. Alles juckte.

»Bei der Grundsteinlegung für ihr Haus haben Roosbeks hier 'ne Messe abhalten lassen«, sagte mein Chef. »›Gott segne dieses Haus und alle, die darin wohnen.‹«

»Aber segne nicht die, die darin arbeiten«, sagte ich.

»Genau.«

9:15 Uhr. Schon wieder gelacht.

Wir machten uns an die Arbeit. Roosbeks hatten uns schließlich nichts getan, außer dass sie nun mal waren, wie sie waren, also klebten wir alles ein bisschen ab, und ich passte auf, dass ich keine Scheiße baute.

Zuerst spülte ich wie immer zwei- oder dreimal das alte Klo durch, man wusste schließlich nie so recht. Da konnte es hier in ihrem Tempel auf den ersten Blick noch so gepflegt zugehen: Es gab einfach Sadisten, vor allem unter den Hügelbewohnern. Dann kratzten wir von beiden Seiten mit Spachteln und Messern die Silikonnaht zwischen Wand und Klo ab.

»Ist noch gar nicht so alt, das Teil«, sagte ich.

»Ja, aber jetzt will er eins aus Porzellan, und natürlich will er's ohne Spülrand, damit sich kein Dreck ablagert untendrunter. Und einen Deckel mit Absenkautomatik.«

»Na klar«, sagte ich. Ich löste die Befestigungsmuttern rechts und links, rüttelte ein bisschen und griff dann mit beiden Händen ins Klo und zog das Scheißhaus von der Wand.

Während wir weiter Silikon kratzten, kam Tamara Roosbek vom Laufen zurück, man hörte sie oben im Hausflur herumstöhnen und mit ihren Sticks klappern. Dann hüpfte sie die Treppe zu uns runter, stellte sich hinter uns und sagte etwas Ähnliches wie: »Hui, hier geht es ja schon ganz schön voran.« Hieronymus und ich zogen ein bisschen verschämt unsere Hosen zurecht, die Ritzen verschwanden, wir nickten und brummelten irgendetwas und machten weiter. Aber Frau Roosbek ging nicht, sie stand da und sprach: »Wissen Sie, mein Mann lässt sich hier unten alles Mögliche einrichten. Aber *ich* kam in letzter Zeit ganz schön kurz.« Sie lief durchs Bad, setzte ihren Hintern auf den Waschbeckenrand und beobachtete uns bei der Arbeit. Es gab nichts Schlimmeres.

»Sind Sie fokussiert?«, fragte sie in meine Richtung.

»Ähm, ja«, sagte ich. »Im Moment schon.«

»Irgendwie erinnerst du mich an jemanden«, sagte sie, und wir blickten uns an. Ich hatte absolut keine Ahnung, wer die Frau war. »Du kommst mir wirklich total bekannt vor. Siehst gar nicht richtig aus wie ein Handwerker.«

»Aha«, sagte ich, und mein Chef versuchte viel zu ehrgeizig, einen letzten Silikonrest mit den Fingern von der Wand zu kratzen, aber seine Fingernägel waren durchs Nägelkauen zu sehr heruntergenagt.

»Das Schicksal hat noch etwas vor mit dir«, sagte sie laut. »Glaub mir.«

Ich sagte nichts.

Sie kam einen Schritt auf mich zu, berührte mich am Rücken und fragte leise: »Wie viel bezahlt dir denn dein Chef im Monat, Schätzchen?«

Mich irritierte, wie sie eben noch total neben der Spur gewesen war und jetzt geradezu übermütig. »Ich hab glänzende Aufstiegschancen«, sagte ich. »Es gibt ein richtiges Karriereprogramm für ambitionierte Männer wie mich.«

Mein Chef lachte.

»Bestimmt wird dein Lohn bald neu ausgehandelt«, sagte sie energisch, drehte sich um und verschwand irgendwo hinterm Billardtisch im nächsten Raum.

»Du liebe Zeit«, sagte mein Chef.

»Dir ist 'ne Ader im Auge geplatzt«, sagte ich.

Er winkte ab und widmete sich dem ausgebauten Klo. »Wir müssen in ihrer Gegenwart einen freundlichen Umgangston pflegen, Fansi«, sagte mein Chef.

»Tu ich doch.«

»Tust du auch«, sagte mein Chef. »Ich weiß, du hältst sie für verrückt, aber sollten wir mal gegen ihren Mann kämpfen müssen, dann steht sie vielleicht sogar auf unserer Seite.«

»Warum sollten wir gegen ihn kämpfen müssen?«

»Ich weiß es nicht, ich hab da so ein Gefühl«, sagte er.

Er kippte das Wasser, das sich unten im Klo gesammelt hatte, in einen Eimer, und ich trug die Toilette tropfend durch den Keller nach oben, durch das grelle Licht im Garten und durch die Hitze. »Da muss man echt aufpassen, dass sich da nicht noch ein kleiner Tripper drin versteckt«, sagte ich zu mir selbst und schmiss das Klo hinten in den Wagen.

Ich war ziemlich aus der Puste. Der Vortag hing mir noch nach. Mein Herz schlug zu schnell, und ich dachte an Bashkim und seinen hohen Blutdruck, von dem er immer erzählte, und wie er gerade bei Perugino die Schweißnähte von der Tulpenhand abschliff. Und dass das bei der Hitze kein Spaß war.

Ich dachte auch an Kira, wie sie sich an der Unfallklinik wahrscheinlich wieder durch das Gewebe der verunglückten Motorradfahrer schnitt.

Ich ging zurück zum Haus und beobachtete den Rasenmähroboter. Vielleicht hatte Frau Roosbek recht, und irgendwo lag noch eine goldene Zeit vor mir. Nicht dass ich sonderlich scharf darauf gewesen wäre, aber mir kam der Gedanke, dass ich vielleicht wirklich noch mal studieren sollte.

Unten im Keller hatte mein Chef schon neue Stutzen angepasst, das neue Klo eingehängt und Spül- und Abflussrohr verbunden. Man sah noch ein paar Reste vom alten Silikon, und ich ging kurz mit einer Rasierklinge und ein bisschen Nitro drüber, bis wirklich alles ab war. Wir überprüften den Unterputzspülkasten und spülten ein paarmal durch. Alles funktionierte. Dann wischten wir kurz den Boden, packten unsere Sachen und gingen nach oben, um uns zu verabschieden.

Es passierte das, was mir von Anfang an klar gewesen war, als ich Roosbek zum ersten Mal gesehen hatte: Er fing an und spielte seine Macht aus. Er sah genau, dass wir loswollten, also versuchte er uns aufzuhalten.

Er nahm uns mit in seinen Garten und zeigte uns eine Skulptur, die unter einer Art Baldachin stand. »*Miss Paris*«, sagte er und breitete seine Hände aus.

Das Teil war wirklich abscheulich. Es war eine kleine Version des Eiffelturms, aber der hier stand auf nur einem Bein und trug eine Krone. Ich machte heimlich ein Foto und schickte es Bashkim. Es war die traurigste Skulptur, die ich jemals gesehen hatte. Sie war vollkommen glattpoliert, die Goldkrone blitzte, und zu allem Überfluss stand der Eiffelturm mit seinem Füßchen auch noch auf einem fünfzackigen goldenen Stern aus Edelstahl.

»Gefällt meiner Frau«, sagte Roosbek.

Wir scharrten mit den Füßen.

»Wo wir gerade dabei sind«, sagte er. »Ich habe mir überlegt, ob man unten im Bad nicht noch zwei neue Waschbecken gebrauchen könnte. Ich bringe die Gäste immer im Keller unter. Die gehen ja in fremden Häusern ungern alleine aufs Bad, da könnte man sich nebeneinander waschen.«

Wir nickten zustimmend.

»Können wir das dann alles auf eine Rechnung machen?«, fragte Roosbek. »Ich habe mir schon welche ausgesucht, müssten Sie nur für mich bestellen beim Großhändler.«

»Ist möglich«, sagte mein Chef.

»Sehr gut, sehr gut«, sagte Roosbek und klopfte ihm auf die Schulter.

Irgendwie schien mir das verdächtig. Sich erst etwas machen zu lassen und dann *plötzlich* auf die Idee zu kommen, sich noch etwas machen zu lassen. Da stimmte was nicht. Allmählich hatte ich ein Gespür dafür, wem wir trauen konnten und wem nicht.

Wir gingen noch einmal runter ins Bad. Mein Chef nickte alles ab und sagte ein paarmal hintereinander »kein Problem, kein Problem«, aber auch nur, weil er loswollte. Dann nahmen wir unser Werkzeug und gingen, von Franschissko begleitet, über die Bodenplatten und zwischen den geschorenen Rasenflächen nach draußen zum glühenden Fiorino.

4

Er stand bei den Toastbroten, hielt seinen Penis in der Hand und schaute ins Nichts. Das musste ein Zeichen dafür sein, dass uns große Veränderungen erwarteten. Wenn Männer anfingen, vor Toastbrotregalen ihr Ding in der Hand zu halten, dann lag etwas in der Luft.

Obwohl, eigentlich *hielt* er ihn nicht. Er knispelte an ihm herum. Es war mehr eine Bewegung, aber kein Onanieren, sondern ein geistesabwesendes Prüfen, ein Ziehen und Loslassen. Dabei blickte er die Brote so an, wie man als Depressiver eben Toastbrote im Supermarkt anschaut: durch sie hindurch.

Mein Chef stand mit einem Kasten Bier vor dem Bauch neben mir und bewegte sich nicht. Er sagte: »Das ist Daberkow.«

»Klingt, als wäre er ein Schwerverbrecher«, sagte ich.

Mein Chef stellte den Bierkasten ab und griff mir ins Kugelschreiberfach: »Er *ist* ein Schwerverbrecher. Lass uns so schnell wie möglich hier abhauen.«

Wir gingen zum Eisregal und nahmen ein paar Sandwiches mit. Mein Chef schielte in alle Richtungen und hielt nach diesem Daberkow Ausschau. Am Kassenband sahen wir ihn wieder. Sein Kopf schwebte hinter dem Süßigkeitenregal, das Gesicht gebräunt. Ich nahm an, dass es echte Bräune und keine Creme und nicht vom Solarium war. Seine Haut sah auch ziemlich nach

Sonneneinstrahlung aus. Sie war ledrig. Und seine Augen hingen wässrig über geschwollenen Tränensäcken. Seine Wangen waren eingefallen. Es waren richtige Lefzen wie bei einer Bulldogge, sogar seine unteren Schneidezähne konnte man sehen. Er griff sich ins gelbliche Haar, sprach ein paar Worte zur Kassiererin und verschwand irgendwo im Supermarkt.

»Der sieht ja *furchtbar* aus«, sagte ich.

»Liegt wahrscheinlich daran, dass er verfolgt wird.«

»Von wem denn?«

»Die sind ihm auf den Fersen«, sagte mein Chef.

»*Wer* denn?«

»Die amerikanische Finanzaufsichtsbehörde.«

Wir liefen über den aufgeheizten Parkplatz und stellten den Kasten Bier hinten in den Fiorino. Ich hatte nach den Roosbeks noch angefangen, das Lager aufzuräumen und eine Abschlagsrechnung zu schreiben, dann hatte mein Chef Hitzefrei angeordnet, was so viel hieß wie Bier kaufen gehen.

Ich ließ mich auf den Fahrersitz fallen. Mein Chef setzte sich neben mich und hielt mir mit seinen großen, beinahe fingernagellosen Händen ein Eis hin. Ich wickelte die Plastikfolie vom Sandwich, die mir am Finger kleben blieb wie Eisen an Nickel. Durch die Windschutzscheibe beobachteten wir den Ausgang des Supermarkts.

»Ich kenn ihn noch von der katholischen Jugend«, sagte mein Chef, halb beißend, halb lutschend. »Da war er zusammen mit seiner Schwester in meiner Gruppe. Die haben später beide in den USA Wirtschaft studiert und mit ihrer Firma einen Haufen Schotter gemacht. Dann ist alles den Bach runtergegangen, und sie haben versucht, sich gegenseitig die Schuld in die Schuhe zu schieben.«

»Sicher, dass das der Typ im Supermarkt war?«, fragte ich.

»Hundertprozentig. Man sieht ihn immer mal durch die Vorstadt laufen. Seine Schwester lungert auch wieder hier rum. Wenn man tief stürzt, dann kehrt man wohl zurück zu seinen Anfängen.«

»Ich weiß es nicht, ich war ja nie weg«, sagte ich.

»Ich auch nicht«, sagte mein Chef.

»Wo geht man hin, wenn man tief stürzt und seine Heimat nie verlassen hat?«

»Das weiß kein Mensch. Auf die Straße oder in die Kneipe. Erkannt wirst du so oder so. Jedenfalls hat er sich nach dem Crash einen Haufen Dollars mit Klebeband um den Hintern gewickelt und ist damit aus den USA nach Afrika abgehauen. Keine Ahnung, *wie* sie ihn gekriegt haben – aber anscheinend irgendwo in Spanien. Wenn ich mir so ein Leben vorstelle, dann arbeite ich wirklich lieber mit der Hand als mit dem Kopf.«

»Was hat er denn Schlimmes getan?«, fragte ich.

»Unternehmen ausspioniert. Er war so eine Art Börsenheuschrecke. Der Typ ist auf alle Fälle das Gegenteil von vertrauenswürdig, der ist ein Vollpsychopath. Wenn er sich im Supermarkt am Sack kratzt, wirkt er vielleicht harmlos, aber nicht wenn er mit deinem Geld in der Unterhose nach Liberia abhaut.«

Ich nahm mein Handy aus der Brusttasche der verdreckten Arbeitsjacke und gab *Daberkow* in der Suche ein. Ich las etwas von *Green Mailing* und *Proxy Fights* und *Pair Trades*, als mein Chef »Vorsicht!« rief. Daberkow lief wankend aus dem Supermarkt und quer über den Parkplatz auf uns zu. Ich drehte hektisch den Schlüssel in der Zündung und startete den Motor, aber es war zu spät. Ich würgte den Wagen ab. Daberkow blieb am offenen Beifahrerfenster stehen und schaute meinem Chef ins Gesicht.

»Hieronymus, bist du das?«

Mein Chef blinzelte ins Sonnenlicht, das Daberkows alte Silhouette einrahmte. Er war ein schlechter Schauspieler, aber Daberkow seinerseits zu überrascht, um das zu erkennen. Mein Chef sagte: »Hajo!«

Und Daberkow antwortete lachend: »Weißt du, wann wir uns das letzte Mal gesehen haben? Weißt du das noch?« Für eine kurze Zeit kam in seinem Gesicht eine jahrzehntealte Ordnung zustande. Er hinterließ sofort Schweißspuren am Fiorino.

»Ich hab ein schlechtes Gedächtnis«, sagte mein Chef.

»Aber ich bin dir doch noch einen Gefallen schuldig!«, rief Daberkow.

»Gefallen?!«, sagte mein Chef. »Kann mich nicht erinnern.«

Mein Chef schaffte es einfach nicht, Daberkow ins Gesicht zu blicken. Er schaute nur auf die eigenen Hände, die verkrampft das Lenkrad festhielten.

»Du hast also keine Ahnung mehr, wie? Dass du das vergessen hast! Du hast mir und meiner Schwester doch damals aus der Scheiße geholfen!«

»Lass mich überlegen«, sagte mein Chef und wischte sich die Reste vom Eis aus den Mundwinkeln. »Nein, ich erinnere mich nicht.«

»Gibt's nicht!«, sagte Daberkow und schlug ein paarmal so hart mit der flachen Hand aufs Aludach, dass es in meinen Ohren dröhnte: »Gibt's nicht!!«

»Weißt du, was?«, sagte er. »Wieso kommst du nicht mal bei mir vorbei. Vielleicht nächste Woche? Schreib mir mal deine Nummer auf, ich ruf dich an.«

Daberkow hielt meinem Chef ein Handy in den Wagen. Der griff vorsichtig danach und tippte seine Nummer ein. »Ich wohn am Waldrand, gleich hinter der Baumschule in der Nähe der Siedlung«, sagte Daberkow.

Die Sandwiches schmolzen auf der Rückbank, und Daberkows Stimme knarzte weiter draußen in der Hitze. Mein Chef gab Daberkow das Handy zurück. Dann lachten beide kurz verschämt, und ich lachte mit ein wenig Verspätung mit.

»Hast du eigentlich deine Firma noch?«, fragte Daberkow.

»Ja«, sagte mein Chef, und ich fragte mich, wie man das nicht sehen konnte, schließlich saßen wir in einem Firmenauto mit Firmenlogo und trugen unsere Arbeitsklamotten.

»Das ist doch ein Klempnerbetrieb, oder? Hieronymus Bosch, richtig?! Das kann man sich leicht merken. Super, einfach geil der Name. Fast besser als Capital Investment Holdings, hahaha.«

»Ja«, sagte mein Chef erneut und wurde ein bisschen lockerer. »Vor allem passt er jetzt noch besser als früher. Ich bin ein alter Meister und habe 'ne Werkstatt.

Und die Jungs«, er nickte zu mir rüber, »arbeiten für mich.«

Von *den* Jungs konnte zwar keine Rede mehr sein, aber ich ließ ihm seinen Stolz und schob mir das letzte bisschen Eis in den Mund. Daberkow lachte. Er beugte sich tief zu uns ins Auto rein. Es roch nach Eisen und Eiter.

»In dem Fall hab ich was für dich, pass auf«, sagte er. »Ist aber ein Spezialauftrag, nicht lachen. Es geht um ein altes Bad, das ich aus einem Herrenhaus im Hintertaunus ersteigert habe. Das möchte ich gerne bei mir im Haus einbauen. Lässt sich das machen?«

»Müsste ich mir mal anschauen«, sagte mein Chef. »Mit alten Armaturen hat man immer ein bisschen Schwierigkeiten, die halten dem Wasserdruck nicht so gut stand, den wir jetzt haben.«

»Ist Barock!«, sagte Daberkow. Er schaute ins Auto, die Doggenbacke wackelte. Dann sagte er: »Na ja, jedenfalls Barockstil. Vielleicht kannst du dir das ja mal anschauen. Nächste Woche? Ich ruf noch mal an, abgemacht?«

»Okay, Hajo«, sagte mein Chef und blinzelte Daberkow zum ersten Mal ins Gesicht.

»Danke, Hieronymus. Das bedeutet mir was. Wir sind ja quasi alte Freunde. Und wie du dir denken kannst, ist mir in den letzten Jahren das Glück im Arsch vertrocknet.« Seine Augen füllten sich ein bisschen mit Wasser oder Säure. »Ich habe VDD«, sagte er.

Weil mein Chef nicht wissen wollte, wann und warum Daberkow das Glück im Arsch vertrocknet war, und vor allem nicht, was es mit VDD auf sich hatte, machte er lieber schnell irgendwelche Termine mit ihm aus, und ich sah mich schon in Daberkows Villa stehen und das Getröpfel seines barocken Wasserhahns mit seinem Penis vergleichen.

Mich sah Daberkow kein einziges Mal an. Nur als er sich verabschieden wollte, warf er mir einen kurzen Blick zu, und ich wurde in seine lidlosen Augen hineingesogen. Es war so, als würde mich der Teufel höchstpersönlich anglotzen. Irgendwas stimmte mit diesem Kerl nicht, das war mir sofort klar. Und bevor ich mich in sein Haus begeben müsste, um ihm ein barockes Bad einzubauen, würde ich lieber kündigen, schlechtes Gewissen hin oder her.

Daberkow trommelte noch einen dumpfen Rhythmus aufs heiße Autodach, winkte uns kurz zu und lief über den Parkplatz zu einem alten Volvo. Wir beobachteten im Rückspiegel, wie er sich in den Wagen hangelte und langsam vom Parkplatz fuhr. Sein Kopf stieß fast ans Dach, und er musste sich übers Lenkrad beugen, um besser sehen zu können.

»Gott«, sagte mein Chef. »Scheiße.«

Ich sagte auch »Scheiße« und setzte meine verschwitzte und ausgeblichene Kappe mit dem Logo von Hieronymus Bosch ab und wieder auf: ausgerechnet ein tropfender Wasserhahn.

»Und ich dachte, ich hätte etwas bei *ihm* gut«, sagte mein Chef.

»Den kennst du aus der katholischen Jugend?!«, fragte ich, noch immer paralysiert von Daberkows Blick.

»Ja«, sagte mein Chef.

»Und ihr seid gleich alt? Der sieht hundert Jahre älter aus«, sagte ich.

»Er ist sogar jünger. Ich glaube, er wurde damals von seinem Vater misshandelt. Einmal hat er Bissspuren am Kopf gehabt. Er wollte das Gerüstbauunternehmen der Familie nicht übernehmen, und da hat der alte Daberkow ihn und seine Schwester enterbt.«

»Ich schaue jetzt nach, was VDD ist«, sagte ich und las es meinem Chef kurze Zeit später vor: »*Value Deficiency Disorder*: ein gestörtes Wertesystem. Hauptursache für Unersättlichkeit, Heuchelei, Selbstgerechtigkeit und vieles mehr.«

»Das hat er geerbt«, sagte mein Chef. »Der Vater hatte das garantiert auch. Und er war süchtig nach Aspirin.«

»Ach ja?«

»Der war doch stadtbekannt. Er hatte Migräne und hat deshalb immer Aspirin geschluckt. Und zwar so viel, dass er sich eine Acetyl-Vergiftung zugezogen hat. Das hat ihn irgendwie verblöden lassen, glaube ich. Wenn ich's mir genau überlege, hab ich eigentlich nur ein Bild von dem Alten im Kopf: wie er alleine in seiner Lagerhalle auf einem kleinen Hocker vor einem Feuer sitzt, das er *in* seiner Lagerhalle *in* einem Autoreifen gemacht hat, und in der Hand hält er einen Stock und grillt sich über dem Feuer eine Wurst. So war Hajos Vater.«

»Ich nehme an, dass er schon tot ist«, sagte ich.

»Natürlich.«

»Aspirin-Vergiftung hin oder her, ich glaube, man sollte wissen, dass man in einem Autoreifen normalerweise kein Feuer macht und darüber Würste grillt.«

»Und dass man seine Kinder machen lässt, was sie selbst wirklich wollen«, sagte mein Chef.

Wir atmeten durch. Ich startete den Motor und fuhr los. Gegenüber vom Supermarkt hielt eine S-Bahn. Ein paar Teenager stiegen aus und rollten mit ihren Skateboards eine Rampe runter zum Skatepark. »Wie spät ist es überhaupt?«, fragte mein Chef und wühlte im Seitenfach nach seinem Telefon. Er fand aber nur einen Schraubenzieher, mit dem er sich ein Bier aus dem Kofferraum öffnete.

Mein Chef war ein sensibler Menschenkenner, keine Frage, aber er hatte auch eindeutig ein Alkoholproblem. Was nicht zusammenhing, wie er meinte.

Auf dem Weg zurück in die Werkstatt ließ ich den Arm aus dem Fenster hängen und zerschnitt die warme Luft mit meinen Fingern in dünne Scheiben.

»Fansi«, sagte mein Chef, »was machst du? Zerschneidest du die Luft in dünne Scheiben?«

Und das meinte ich mit »Menschenkenner«.

Die Werkstatt lag am Ende einer schmalen Straße im Gewerbegebiet. Ich stellte den Wagen in die Einfahrt. Mein Chef schloss die schwere Metalltür zur Werkstatt auf und ließ mich mit dem Bierkasten reinschlüpfen. Es roch nach Kupfer, Kaffee und kaltem Rauch. Ich ging um die graue Abkantbank herum, stieg über einen Rinnenstutzen und schlitzte mir beinahe die Hüfte an einem Trapezblech auf.

Am hinteren Ende der Werkstatt stellte ich den Bierkasten im Kabuff ab, einem kleinen fensterlosen Raum mit Tisch, Waschbecken und einem Würth-Kalender von 1997, der Abbildungen von Frauen in roten Bikinis zeigte. Mein Chef, der ohne Frau und ohne Kinder war, sagte immer: »Die meisten von uns Handwerkern sehen ziemlich beschissen aus. Ich frage mich, warum der Schraubenkönig glaubt, dass ausgerechnet *wir* ein Anrecht darauf hätten, uns diese Frauen in den Dreck zu pinnen.« Aber der Kalender hing trotzdem.

Ich füllte den Kühlschrank im Kabuff mit Bier, ging dann durch das kleine Büro nebenan und setzte mich mit meinem Chef in den Garten. Es gab dort einen Geräteschuppen, Werkbänke, rostige Mofas und Fahrräder, einen Platz für seine Lagerfeuerchen, eine Gartenhütte, und alles war sortiert und hatte seine Ordnung, auch wenn es wie auf einem Schrottplatz aussah. Der Garten lag zwischen der Werkstatt und einem Bungalow, den mein Chef bewohnte und der nach dem Zweiten Weltkrieg aus alten Munitionskisten gebaut worden war.

Wir streckten die Beine aus. Die Fassaden der Fabriken und Betriebe in der Nachbarschaft leuchteten hinter den Bäumen im Sonnenlicht. Es ging ein leichter Wind, und wir setzten die Bierflaschen an.

Ich hielt die braune Flasche gegen die Sonne und schaute, wie sich der Schaum setzte.

Ich beobachtete meinen Chef. Wollte ich so enden? Er litt seit Monaten unter einer Trennung. Nicht von seinen Mitarbeitern, sondern von einer Frau. Er glaubte nach wie vor, seine letzte Freundin habe ihn aufgrund seiner Bierfürze verlassen, von denen sie in den Sommernächten geweckt wurde, wenn sonst kein Lüftchen ging.

Er stand stöhnend auf und stellte ein kleines Radio an, das auf der Werkbank unter dem Vordach des Bungalows stand. Sein Körper war *kaputt*. Ich lehnte mich auf dem Gartenstuhl zurück. Zum tausendsten Mal fragte ich mich, was mich noch hier hielt. Wir wohnten in einer mittelgroßen Stadt in den Mittelgebirgen, mitten in Deutschland, und wir gehörten zum sogenannten Mittelstand. Und so fühlte ich mich auch: mittel.

»Warum will ich hier eigentlich nicht weg?«, sprach ich zu mir selbst, und mein Chef hörte mich nicht mit seinen schlechten Metallbauerohren. Er kaute auf seinen Fingern herum, schaute verträumt in die Gegend und saugte an der Bierflasche.

»Wie lange soll eigentlich das Teil hier noch stehen?«, fragte er und schlenderte zu einer polierten Kugel aus Edelstahl, die unterm Vordach der Werkstatt stand.

»Bis Jeff Koons tot ist«, sagte ich.

»Und dann?«

»Dann sind Bashkim und ich reich.«

Bashkim und ich hatten vor ein paar Jahren bei Perugino einen Edelstahlblock verschwinden lassen, um daraus eine Kugel zu fräsen und mit Koons' Signatur zu versehen. Wir hatten Diebstahl begangen. Wie Meuer mit seinem Draht in der Kaffeekasse. Und so wie Meuer waren wir aufgeflogen, und ich hatte die Schuld auf mich genommen. Perugino kündigte mir, und kurze Zeit später war ich in der Werkstatt von Hieronymus Bosch gelandet. Das war die ganze Geschichte.

»Wir sollten uns was zu essen holen«, sagte mein Chef mit Blick auf die Kugel. »Wir essen viel zu wenig.«

Ich nahm mein Fahrrad und fuhr zur Frittenbude. Aus der Stadt schoben sich neue Gewitterwolken ins Gewerbegebiet. Ich bestellte Currywurst, Hühnchen und Pommes und fuhr mit den Plastiktüten am Lenker zurück zur Werkstatt, wo sich mein Chef schon ein paar leere Bierflaschen unter den Arm geklemmt hatte.

»Es hat keinen Sinn«, sagte er mit Blick in den Himmel. »Wir gehen rein.«

Ich lehnte mein Fahrrad an die Hauswand und ging hinter ihm her ins Kabuff. Der kleine Raum füllte sich sofort mit dem Geruch von Grillhähnchen und Fett. Mein Chef holte Senf und Ketchup aus dem Kühlschrank, nahm drei Teller aus dem Regal über dem Waschbecken und kratzte mit seinen von der Arbeit schwarzen Fingerstumpen ein paar angetrocknete Essensreste von ihnen runter. Ich öffnete die Styroporpackungen, mein Chef zerfledderte sofort das Hähnchen, und ich begann lustlos auf ein paar Pommes rumzukauen.

»Warum schuldet dir Daberkow eigentlich was?«, fragte ich.

Mein Chef winkte ab und schmatzte. »Ist nicht der Rede wert.«

»Klang aber so.«

Er winkte wieder ab. Dann nahm er einen Schluck aus seiner Flasche. »Seine Schwester und er waren mit mir bei der katholischen Jugend.«

»Weiß ich. Und weiter?«

»Nichts weiter.«

»Aber was ist da gelaufen? Worauf hat er vorhin angespielt? Warum ist er dir einen Gefallen schuldig?«

Er winkte zum dritten Mal ab.

»Du rückst nicht raus mit der Sprache, was?«

»Lass es gut sein, Fansi. Man muss nicht alles wissen.«

»*Zeltlager* und *katholische Jugend*. Die Stichwörter reichen mir eigentlich schon«, sagte ich.

Diesmal zuckte er mit den Schultern. Sein Kinn war fettverschmiert.

»Aber eins muss ich mal sagen«, sagte ich, »wenn diese Sache im Zeltlager so schlimm war, dass er aus dem Vorort rausgetrieben wurde und nach Amerika gegangen ist, dann bist du schlussendlich auch für seinen Fall *und* seine Rückkehr verantwortlich. Vielleicht hat er es jetzt auch auf dich abgesehen.«

»Glaube ich nicht«, sagte mein Chef.

»Mal ganz ehrlich«, sagte ich. »Redet ein normaler Mensch für dich so – ein normaler *Mann*?«

»Ich weiß es nicht, wie spricht er denn?«, fragte mein Chef.

»Anders.«

»Anders?«

»Er spricht anders. Und er hat so ein schiefes Gesicht. Seine Augen quellen über und sind ganz wässrig. Normal erscheint mir das nicht«, sagte ich.

»Was sollen *das* denn für Erkennungsmerkmale für 'ne Geisteskrankheit sein?«, fragte er.

»Das sind *meine* Erkennungsmerkmale für 'ne Geisteskrankheit«, sagte ich und schmiss die verschmierte Styroporpackung in den Mülleimer.

»Ich mach Feierabend«, sagte ich.

Mein Chef stand ächzend auf und begleitete mich durch sein Büro. Draußen schauten wir uns den Sturm an.

»Geht schon wieder«, sagte ich. »Ich fahr los.« Ich steckte mir eine Zigarette an, nahm mein Fahrrad und schob es um die Werkstatt herum zur Straße.

Zu Hause legte ich mich ins Bett und starrte vor mich hin. Mir wurde schlecht. Ich dachte an diesen heruntergekommenen Daberkow und seine versteckten Millionen, an die Einsamkeit meines Chefs, an meine eigene Zukunft, an die Sinnlosigkeit, weiter für Hieronymus Bosch zu arbeiten. Und immer wieder dachte ich daran, wie ich dem Irren das barocke Bad einbauen musste. Noch übler konnte ich mich nicht fühlen.

Ich stand auf, lief durchs Treppenhaus nach unten und nahm mein Fahrrad. Ich rollte durchs Gewerbegebiet zurück zur Werkstatt. Jetzt musste es sein. Ich würde es sonst nie übers Herz bringen. Heute oder nie. Nach *den* zwei Tagen war echt Schluss, das hielt ja niemand mehr aus. Alkoholismus, fadenscheinige Auftraggeber, keine Ziele. Ich war am Ende meiner Kräfte.

Ich durchquerte die Werkstatt, sprang über eine Packung Isowolle und klopfte an die Bürotür. »Hallo?«, rief ich vorsichtig.

Er saß da und hatte seinen Kopf auf die Hände gestützt. Der Schreibtisch war übersät mit ungeöffneten Briefen, die Hälfte davon lag auf dem Boden. Im Gegensatz zur Werkstatt und seinen eigenen vier Wänden kümmerte er sich in seinem Büro in keiner Weise um Ordnung. Er war fest davon überzeugt, dass ein ungeöffneter Brief nach einem Monat überhaupt nicht mehr geöffnet werden musste. Er hasste Briefeöffnen. Briefe hatten ihm wohl schon zu oft unangenehme Botschaften überbracht.

Wie ich ihn da so sitzen sah, wollte ich am liebsten wieder umdrehen, aber ich riss mich zusammen. »Chef?«, sagte ich leise.

»Ja?«, sagte er und schaute zu mir hoch.

Ich schwieg und blickte mich um. Neben ihm stand eine halbvolle Bierflasche, daneben lagen Papierstapel, der Computer war eingeschaltet, das E-Mail-Postfach war leer. Ich wischte ein wenig Metallstaub aus einem Regal und betrachtete stumm meine schwarzen Fingerkuppen. Er kritzelte weiter auf seinem Block rum und murmelte irgendwas vor sich hin.

»Ich glaub, ich reiche meine Kündigung ein«, sagte ich. »Nimm's mir nicht übel.« Inzwischen waren alle meine Finger schwarz vom Metallstaub.

Mein Chef antwortete nicht.

»Du kommst doch auch ohne mich klar so weit«, sagte ich. »Mit den Waschbecken, das schaffst du auch so.«

»Du willst jetzt kündigen?«, fragte er. »Nächste Woche sind doch die Sicherheitseinführungen, Fansi.« Er schaute mich mit hängenden Augenlidern an.

»Das bringt doch nichts«, sagte ich. »Lass uns das die Tage mal regeln, geht doch schnell.«

Er sagte nichts mehr, und ich verließ langsam das Büro und schloss die Tür hinter mir. Ich stand eine Weile unschlüssig vor der Werkstatt herum. Ich dachte, er würde mir hinterherkommen und noch etwas sagen, aber er kam nicht.

Wir hatten uns nie enttäuscht, aber inzwischen brauchte weder er mich noch ich ihn.

5

Mir fiel fast die Haut vom Körper, ich duschte mit zehn Bar und nahm das Fahrrad in die übernächste Stadt, um Bashkim abzuholen.

Zwischen den Baumärkten stand die Halle von Perugino, und hinter Tor vier lag Bashkims Abteilung. Ich stellte das Rad ab und klingelte ihn an. Eine Minute später ließ er das elektrische Tor hoch, und ich bog mich unter ihm durch in die riesige Halle.

»Ich hab geträumt, dass Jeff Koons gestorben ist«, sagte Bashkim und hielt mir zum Gruß eine flache Hand hin, die ich abklatschte. »Und dass wir reich werden!«, sagte er.

»Über deine Träume solltest du mal mit jemandem reden«, sagte ich. »Glaube nicht, dass das nur an den bleihaltigen Materialien liegt, über die du dich immer beschwerst.«

Wir lachten und stellten uns gegenseitig die Beine. Trotzdem, Bashkim arbeitete wirklich zu viel und klagte immer wieder über körperliche Probleme unterschiedlicher Art, die angeblich vom Blei herrührten. Aber eigentlich hatten seine Wehwehchen in Doha ihren Lauf genommen, wo er für Perugino irgendein Kunstwerk aus Edelstahl am Flughafen aufgestellt hatte und bei 44 Grad Hitze umgekippt war.

Immerhin konnte ich Bashkim verstehen, was die

Träume anging. Ich träumte auch fast jede Nacht von der Arbeit. Die Träume rissen manchmal nicht ab und setzten sich über Tage fort. Sie gingen abends einfach da weiter, wo sie am Morgen aufgehört hatten. Ich träumte von den Handgriffen, vom Geruch in der Werkstatt, vom brutzelnden Geräusch der Schweißgeräte, von der Kundschaft, die neben mir stand und alles kontrollierte. Und das Schlimme an diesen Albträumen war: Ich wurde und wurde mit meiner Aufgabe nicht fertig, die Dachrinne wurde nicht dicht, das Waschbecken hielt nicht an der Wand, die Armaturen wackelten, die Kunden belagerten mich und hörten und hörten nicht auf zu reden.

Wir standen an einer Werkbank und kratzten uns unsere frisch rasierten Wangen. »Dass hier freitags immer noch nicht um eins Feierabend gemacht wird«, sagte ich. Bashkim rieb sich den Hinterkopf und steckte sich eine Kippe hinters Ohr. Er roch ein bisschen nach Schweiß, nicht schlimm, aber in Kombination mit dem billigen Deo unter seinen Armen nur mittelappetitlich.

»Das ist nur wegen Koons«, sagte er. »Perugino ist auch noch da, sie sitzt oben im Büro. Koons will nächste Woche kommen und sich die Tulpen anschauen, ist ein bisschen Druck drin gerade.«

Ich ging mit Bashkim durch die Kunstschlosserei, als würde ich das alles zum ersten Mal sehen. Seit meinem Rauswurf vor drei Jahren war ich nicht mehr hier gewesen. Mitten im Raum stand eine Skulptur von Jeff Koons auf einer Holzpalette. Es war eine knapp zwei Meter große Nachbildung der Comicfigur Hulk, aber zum Aufblasen. Und der Hulk hier trug fünf Tubas auf dem Rücken.

»Edelstahl ist das Gold des Mittelstands«, sagte Bashkim und klopfte vorsichtig mit den Fingern gegen den Hulk. »Hat Koons mal zu mir gesagt.«

»Echt?«, sagte ich. »Mir hat er während der Ausbildung mal gesagt: Edelstahl ist Luxus fürs Proletariat!«

»Wie auch immer«, sagte Bashkim.

»Was ist das für ein Hulk?«, fragte ich und tippte mit dem Fuß an die Palette.

»Das ist der neue mit den Tubas. Die Instrumente wurden von einem Typ in Bayern gebaut, für 'ne Million. Wir haben die dann poliert und mit einem Klarlack überzogen, dass man auf der Bronze keine Fingerabdrücke sieht. Der Tubabauer muss sich auch denken, na gut, ich bekomme zwar mein Geld, aber eigentlich wäre es auch schön, wenn jemand die Dinger spielen würde, statt dass eine grüne Fantasiefigur sie im Museum auf dem Rücken trägt.«

Ich schaute mir den Stöpsel zum Aufblasen an, der auch aus Metall war. »Wie macht ihr jetzt diese Aufblasteile?«, fragte ich. »Da gab's doch immer Probleme.«

»Das ist immer noch Sintermaterial.«

»Das ist beschissen zu schweißen«, sagte ich.

»Ja, mir reißen da auch regelmäßig die Nähte«, sagte Bashkim. »Da kann ich noch so gut sein, wie ich will, ich hab einfach kein Händchen dafür. Dann muss man die auffräsen, noch mal nachschweißen, noch mal beischleifen und dann gucken, ob sie nicht doch wieder reißen.« Bashkim zog etwas im Rachen hoch, wie Meuer. »Aber eigentlich setzt Koons gern auf bleihaltige

Werkstoffe«, stimmte er sein altes Klagelied an. »Da denkt der noch mal an die Gesundheit der einfachen Arbeiter.«

»Du wiederholst dich.«

»Aber es ist so.«

»Ach Quatsch, das denkst doch nur du. Dass der Koons sich überlegt, da machen wir ein bisschen Blei rein, damit die alle Alzheimer bekommen.«

»Doch, Fansi, das ist so. Weißt du noch, was GBz-Zinn für einen Bleianteil hat?«

»Nö.«

»Siehst du?«

Ich weiß nicht, warum, aber der Hulk hatte eine seltsame Wirkung auf mich, ich konnte nicht aufhören, ihn anzusehen. Ich trat näher an ihn heran. Ich kannte die Modelle noch aus meiner Lehrzeit, aber nachdem ich sie ein paar Jahre nicht mehr gesehen hatte, faszinierten sie mich umso mehr. Die Oberfläche sah einhundert Prozent nach glänzendem Gummi oder Kunststoff aus. Ich hatte den Drang, ihn zu berühren, aber ich durfte nicht. Koons war kein Handwerker, aber er zwang uns mit Hilfe seines Geldes zur Herstellung von Objekten, die auf den ersten Blick nutzlos und kitschig waren. Ich erinnerte mich an seine Auftritte in der Werkhalle, an seinen Anzug, den schreitenden Gang und die eindringliche Stimme. Einmal hatten wir ihm gezeigt, wie wir seine Skulpturen ziselierten. Er hatte sich Ohropax aus dem Ohropaxspender genommen und sie hinterher auf einer der Werkbänke liegen lassen. Bashkim sammelte sie ein und wollte sie zuerst auf eBay verkaufen, schmiss sie dann aber auf dem Heimweg in einen Mülleimer.

Ich berührte den Hulk, als Bashkim nicht hinsah.
»Der Hulk«, sagte ich. Mehr nicht.

Wir gingen in eine kleine Kabine, und Bashkim zeigte
auf ein Laserschweißgerät: »Das ist der ALM 200 von
Alphalaser, den haben wir ganz neu.«

Ich nickte anerkennend und sagte: »Und was ist das
hier?«

»Das ist unsere neue Kaffeemaschine.«

»Direkt neben dem Laserschweißgerät?«

»Ja. Wir haben hier seit vorgestern unsere eigene Kaffeebar eingerichtet.«

Ich schaute in den Metallspind neben der sogenannten Kaffeebar. »Und American Style Chocolate Chip
Cookies und Kaffeesahne habt ihr auch da«, sagte ich.
»Wozu habt ihr denn die Kaffeemaschine gekauft, es
gibt doch noch die Automaten draußen, oder?«

»Die Geschichte ging so los, dass hier auf einmal alles zehn Cent teurer wurde bei den Automaten hinten
am Ausgang«, sagte Bashkim. »Egal, welches Produkt.
Die Colaflasche für einen Euro zehn kostet jetzt eins
zwanzig. Der Vierzig-Cent-Kaffee kostet jetzt fünfzig
Cent. Und die vierzig Cent war der schon nicht wert.«

»Fünfzig Cent für den Eduscho?«, fragte ich.

»Genau.«

»Das ist er wirklich nicht wert.«

Bashkim räumte seine Werkbank auf. Ich half ihm dabei und kehrte dann mit ihm den Boden. Metallstaub
stieg auf. Bashkim fiel ein Stahlabschnitt auf den Fuß,
er jaulte, zog sich den Schuh aus und kontrollierte die

Quetschung: halb so wild. Wir sprachen über Sicherheitsunterweisungen und Druckluft und Verletzungen am Auge.

Ich war in meiner Lehrzeit nur ein Mal in der Augenklinik gewesen. Vielleicht hätte ich viel öfter gehen sollen. Manchmal hatte man beim Schweißen und Fräsen das Gefühl, dass einem etwas ins Auge flog, aber das Gefühl ging auch schnell wieder weg. Ich stellte mir immer vor, wie sich die Metallsplitter durchs Auge ins Hirn fraßen, wie sie dort ineinander diffundierten und es dann später im Hirn rostete.

»Du bist unvorsichtig«, sagte ich zu Bashkim, der sich weiter den Fuß rieb.

»Ja, ich bin einer von den Deppen, die Unfälle haben, Fansi. Aber was bleibt mir auch übrig, wir kriegen ja sonst keinen Urlaub.«

Wir lachten.

»Komm, wir gehen zum Raucher«, sagte Bashkim.

Wir durchquerten den großen Raum der Halle, in der ein paar Tulpenblüten lagen. Sie waren in Luftpolsterfolie verpackt und sahen in ihrer noppigen, halbtransparenten Hülle aus wie große Eier von Außerirdischen. Ich schob vorsichtig eine Folie zur Seite und betrachtete die glänzenden Ballons. »Das sind am Ende Tausende Stunden, die wir da reingesteckt haben«, sagte Bashkim mit müden Augen. »Aber niemand macht es perfekter.«

Die anderen Tulpenblüten lagen in den Lackierkammern. Ich betrachtete sie durch die Fenster. Dort leuchteten sie schrill und wirkten schwerelos und Hunderte Kilo schwer zugleich.

Wir nahmen einen Hinterausgang aus der Halle und stellten uns in die Raucherecke. Mitten im Hof stand die riesige Hand, die in Paris den Tulpenstrauß halten würde.

»Wir bearbeiten hier gerade die Schweißnähte von den Bronzeplatten nach, und dann kommt noch Lack drauf. So eine Antigraffitibeschichtung wird da draufgepinselt.«

»Und was ist unter den Bronzeplatten?«

»Stahlgerippe. Wurde in Ulm von 'ner Fremdfirma gemacht, hab ich doch erzählt. Die haben auch die Bronzeplatten draufgeschweißt.«

Sie hatten ein ziemlich klappriges Gerüst um die Hand gebaut, um sie zu lackieren und die Nahtstellen zu bearbeiten. Es konnte gar nicht anders als klapprig sein, damit überhaupt irgendwer in die Ecken und Winkel auf fünf oder sechs Metern Höhe kam.

»Was ist das für ein beschissenes Gerüst?«, fragte ich. »Das gibt doch sicherheitstechnisch bestimmt Stress.«

»Ja, wir hätten uns 'ne Hubbühne holen sollen. Ist auch nicht ganz ungefährlich so, ist schon mal einer fast abgestürzt.«

Stumm betrachtete Bashkim die Hand. Ich war mir nicht sicher, ob er noch zufrieden hier war. Ich glaubte, dass bei ihm schon seit drei Jahren der Zug abgefahren war, als er für eine Künstlerin ein Objekt aus einzelnen 3-D-verformten und anschließend verschweißten Aluminiumblechen herstellen musste. Die Verformung hatte ihn wahnsinnig gemacht. Seitdem hatte Bashkim auch Ängste entwickelt. Ängste, bei denen es immer darum ging, dass man ihn auf der Arbeit vergiften wollte.

»Zahlt Koons selbst?«, fragte ich, um ihn wachzurütteln.

»Was?«, sagte er.

»Na ja, den Entwurf von der Hand hat doch Koons gemacht.«

»Genau, und er hat ihn der Stadt Paris und dem ganzen Land geschenkt, so wie ich das verstanden habe.«

»Und zahlt er auch für den Bau?«

»Nein, das machen irgendwelche Sponsoren, glaube ich.«

»Sein eigener Beitrag hält sich also in Grenzen«, sagte ich.

»Ja, aber ohne ihn würden sich die Leute für uns ja auch nicht interessieren«, sagte Bashkim. »Das tun sie ja nicht mal *mit* ihm.«

Da hatte Bashkim recht. Und wie ich selbst fragte er sich, was es mit diesem elf Meter hohen Tulpenstrauß eigentlich auf sich hatte. Ich begriff nicht, was es für einen Zusammenhang zwischen den 130 Leuten, die vier Jahre zuvor in Paris von Dschihadisten erschossen worden waren, und einem Edelstahlblumenstrauß mit elf Tulpen geben sollte, die ja nicht mal Tulpen, sondern aufblasbare Tulpen waren und dann auch noch welche aus Metall und nicht aus Gummi. Was war das denn für ein Geschenk? Was sollte *das* denn für eine Geste sein?

Aber am Ende war egal, was Bashkim und ich dachten.

Bashkim hielt mir seine Zigarettenschachtel hin, ich griff zu. Wir schauten uns die Hand an und rauchten. »Rauchen macht Spaß und schmeckt gut«, sagte

Bashkim. »Also kann es nicht schlecht sein. Aber ich hab abnormal Bluthochdruck, Fansi. Abnormal. Ich gehe nächste Woche auch zum Arzt deswegen.« Er lachte.

»Vom Rauchen oder was?«, fragte ich.

»Weiß ich ja nicht, ich bin ja kein Arzt.«

»Na ja, selbst wenn es nicht vom Rauchen kommt, macht es rauchen sicherlich nicht besser.«

»Ich hatte das aber auch schon bei diesem Anne-Imhof-Objekt, weißt du? Und davor schon in Doha. Das Gefühl, *du stirbst jetzt*. Weißt du? Jetzt, heute, hatte ich 170 zu 95.«

»Ah ja, und was ist normal?«, fragte ich.

»120 zu 70 ist optimal. Ab 150 sollte man mal dringend einen Arzt aufsuchen. Ich war auch in der Notaufnahme, aber die haben mich wieder nach Hause geschickt.«

Bashkim rauchte und rauchte. Ich nahm auch noch eine aus seiner Packung, und wir stellten uns vor die Tulpenhand in die Sonne.

»Wie geht's dir sonst?«, fragte ich. »Bist du nervös?«

Bashkim nickte und spuckte auf den Boden. Er zerrieb den Rotzklumpen mit seinen Turnschuhen zu einer langen Spur, die in der Sonne trocknete.

»Ich bin immer nervös, wenn er sich angekündigt hat. Und diesmal will er sich den Strauß selbst anschauen. Außerdem kommt eine seiner Skulpturen aus 'nem Museum in Oxford zurück. Er will den Condition Report besprechen, weil Greg und Gerry 'nen Kratzer entdeckt haben. Das muss aber in Oxford selbst passiert sein. Irgendjemand hat da einen Kratzer reingemacht, aus Neugier oder so. So gehen wir Menschen eben miteinander um«, sagte Bashkim und drückte seine Zigarette im Aschenbecher aus.

Ich nahm einen tiefen Zug. Der Rauch kratzte an meinem Inneren. In der Hitze rauchen machte mir, wie Bashkim, noch mehr Spaß als überhaupt schon.

Wir gingen um die Hand rum in den Schatten, den sie auf den Boden warf.

»Da kommt jedenfalls noch so ein Antipisslack drauf, wenn das erst mal in Paris steht.« Bashkim deutete mit dem Kopf auf das Objekt.

»Wie funktioniert der?«

»Weiß auch nicht genau, aber da bleibt Farbe aus Spraydosen nicht haften. Und wenn einer dagegen pinkelt, spritzt das ein bisschen zurück. Da pisst du quasi dich selbst an.«

Wir lachten und gingen nach drinnen. »Ja, ja, so gehen die Menschen miteinander um«, sagte ich.

Wir gingen durch die Lehrwerkstatt und durch die Instandsetzung. Ich grüßte Kollegen, die ich noch von damals kannte. Ich winkte kurz in die Lackierkabinen, schaute mir etwas länger die 3-D-Schweißkammern an und zeigte fragend auf Metallteile, von denen ich nicht wusste, wie sie mal aussehen sollten, wenn sie fertig waren. Bashkim zählte sie mir nacheinander auf: »Das geht auch nach Doha. – Das ist Cortenstahl, der dann noch so anrostet von der Oberfläche und dann nicht mehr weiterrostet, weißte? – Das sind Gepäckdurchleuchter für den Flughafen. – Das sind so Stelen, die kommen in einen öffentlichen Park, da werden noch

Marmorsteine reingesetzt. – Das ist einfach Public Art. – Das ist der Kaffeeautomat mit dem Eduscho.«

Ich blieb stehen und holte zwei Kaffee für fünfzig Cent. Und Bashkim beschwerte sich, weil er wollte, dass ich den neuen aus der Kaffeemaschine neben dem Alphalaser probierte.

Zurück in der Kunstschlosserei stellte ich ihm den Kaffee hin, an dem er kurz naserümpfend roch. Eigentlich war er weniger nikotin- als koffeinsüchtig.

Er räumte seine letzten Sachen zusammen, und ich schaute mir noch einmal den Hulk mit den Tubaschallstücken auf dem Rücken an. »Da sind noch ein paar *Schleier*«, sagte Bashkim. »Wir müssen den ganzen Klarlack noch mal runtermachen und dann wieder das Metall aufpolieren und alles neu lackieren.«

»Was?!«, rief ich. »Wer sagt das denn? Wo sind hier denn bitte Schleier?«

»Hat Koons gesagt. Wir haben Rundumaufnahmen gemacht, da ist ihm das angeblich aufgefallen. Er rückt auch nicht mehr davon ab.«

»Seid ihr sicher?«, fragte ich. »Ich seh nichts. Das ist doch ausgedacht mit den Schleiern. Dann müsst ihr abbeizen, nachpolieren und wieder Lack drauf. Das dauert endlos.«

»Weiß ich selbst«, sagte Bashkim. »Aber das Problem ist, dass Koons weiß, wie es aussehen *könnte*. Er weiß, dass wir es *besser* können. Ich finde auch, dass der Hulk in Ordnung ist, aber bei ihm ist das doch immer tagesabhängig. Außerdem ist er verwöhnt, wir machen einfach zu gute Arbeit. Du kennst doch seine Ballonhunde? Wie schlecht die damals noch gearbeitet waren, als Koons das noch nicht von uns hat machen lassen! Und dann geht so einer für fast 60 Millionen weg! Wir könnten den Hulk auch einfach so lassen, und beim nächsten Mal, wenn er guckt, würden ihm überhaupt keine Schleier auffallen. Das würde er im Zweifel gar nicht merken.«

»Stimmt. Des Kaisers neue Kleider«, sagte ich und schnaufte und wischte mir etwas von der Stirn.

»Egal«, sagte Bashkim und drückte auf den Hauptschalter. »Feierabend.«

6

Wir fuhren zur Garage, die Bashkim mietete, um dort an seinen Custom Bikes herumzuschrauben. Letztes Jahr hatte er bei einer Bikeshow in Faak am See den Titel »Best Radical« abgeräumt. »Um da zu gewinnen, braucht es Eier, Bruder. Dafür braucht es eine gehörige Portion Eier«, hatte er gesagt. Dass Perugino für Künstler wie Jeff Koons arbeitete, machte Bashkim wahnsinnig, weil er nicht verstand, dass es Kunstwerke aus Metall gab, auf denen man *nicht* durch die Gegend fahren konnte. »Wir machen so Sachen, die dann erst mal im Museum stehen«, sagte er, wenn ihn jemand nach seiner Arbeit fragte, und lenkte dann immer gleich mit seinen Motorrädern ab. Und wenn sie noch mal nachfragten, weil sie interessant fanden, was er da machte, sagte er: »Wenn sie nicht im Museum landen, dann stellen sich die Reichen die in ihre Lichthöfe. Würste aus Edelstahl und Aluminium und so eine Scheiße. Ohne Nutzen.« Er wurde echt verrückt bei dem Gedanken, was die Kunstwerke in der Herstellung kosteten und was sie später einbrachten.

Bashkim zeigte mir die Fortschritte an seinem neuen Motorrad. Ich hatte ihn noch nie auf einem der Dinger gesehen. Er baute sie nur um, aber fuhr sie nicht. »Fahren nur ohne Motor«, sagte er immer.

Bashkim öffnete seinen Rucksack und holte zwei Energydrinks raus. Wir betrachteten die Harley eine ganze Weile und sprachen über Politurmittel und Härtegrade von Schleifpapieren.

»Ich mache gerade die Finish-Politur«, sagte Bashkim.

»Was nimmst du für Körnung?«, fragte ich.

»Ich fang gerade erst an, bin so bei Körnung 36, siehst du ja.«

»Gehst du bis 3000 oder weiter?«, fragte ich.

»Nee, höchstens 3000, denke ich. Dann mach ich noch Politur mit den Pasten, mit den Schaumstoffpads, und mache die Schleifspuren weg.«

Wir standen herum, gluckerten mit den Dosen und rülpsten ein bisschen vor uns hin. Wir klangen wie Tiere, die sich nachts im Sumpf unterhielten.

»Mein Vater kannte das vor dreißig Jahren noch von Rolls-Royce«, sagte Bashkim, »dass die da in der Werkhalle an den Getränkeautomaten Bier kaufen konnten und nicht diesen ekelhaften Kaffee wie bei uns. Das muss man sich mal vorstellen, die Krankenhäuser waren bestimmt voll von besoffenen Handwerkern, denen Finger fehlten.«

»Dafür gibt es jetzt Spender mit Ohropax«, sagte ich. »Und bei uns ist nächste Woche wieder Sicherheitseinführung. Ich glaube, wir werden komplett entmündigt.«

»Wir sind schon entmündigt«, sagte Bashkim.

»Aber immerhin sind wir *sicher*.« Ich täuschte einen Schlag in Bashkims Magengrube an, und er zuckte zusammen. Dann klopfte ich ihm auf den Rücken.

»Ich hab gekündigt«, sagte ich.

»Was hast du?«

»Ich hab's gemacht: gekündigt.«

Bashkim sagte nichts.

»Was ist? Du hast doch selbst gesagt, das wäre das Schlauste.«

»Stimmt ja auch«, sagte Bashkim.

»Ja, und?«

»Na ja.« Bashkim druckste rum. »Ein bisschen tut er mir schon leid.«

»Scheiße«, sagte ich. »Findest du, ich lass ihn hängen?«

»Hängenlassen?!« Bashkim schüttelte sich und war auf einmal ganz aufgebracht. »Quatsch! Entschuldigung, ich war grad sentimental. Das war genau die richtige Entscheidung! Er säuft zu viel, jetzt hat er sogar seinen Führerschein verloren, und du musst ihn durch die Gegend fahren.«

»Ja, aber leid tut er dir offenbar trotzdem.«

»Ein bisschen. Aber doch nicht, weil du gekündigt hast.«

»Vielleicht hätte ich die ein, zwei Jahre auch noch aushalten können«, sagte ich.

Bashkim winkte ab. »Der macht den Laden eh zu. Ihr habt doch nur im Kabuff rumgesessen, Bier getrunken, Würste gegessen und gelabert. Ich hab dir immer gesagt, fang an zu studieren.«

»Jetzt fängst du auch noch damit an.«

»Oder komm zurück zu Perugino.«

»Ich weiß nicht.« Ich berührte den Tank der Harley.

»Was sagt Kira?«, fragte Bashkim.

»Mal sehen«, sagte ich. »Hab's ihr noch nicht erzählt.«

Und dann schaute er mir ins Gesicht und sah an meinem Blick, dass ich traurig war und verliebt.

»Seid ihr jetzt eigentlich zusammen?«, fragte er.

»Ich weiß es nicht«, sagte ich. »Wir scharwenzeln halt so umeinander rum.«

Ende letzten Jahres hatte Kira bei Hieronymus Bosch wegen einer verstopften Toilette angerufen. Wir waren der einzige Betrieb in der Nähe gewesen, der kurzfristig Zeit hatte. Sie wohnte zusammen mit ihrem Bruder in einer Wohnung in der Nordweststadt. Eigentlich hatte sie mich wieder wegschicken wollen, weil ihr das alles peinlich war, und als wir im Bad standen, schob sie die komplette Schuld auf ihren Bruder und dessen Freunde, die am Tag zuvor gefeiert und angeblich etwas im Klo heruntergespült hatten, das man nicht im Klo herunterspülen sollte. Sie rückte nicht mit der Sprache raus, aber es hätte mit der Polizei zu tun gehabt, die bei ihnen wegen Lärmbelästigung geläutet hätte.

»Wir können ja mal schauen«, sagte ich.

»Und wenn du was findest, vergiss es am besten gleich wieder«, sagte sie.

Mir war beim Hochkrempeln der Ärmel schon klar gewesen, dass ich gleich ein Päckchen Kokain oder Gras aus dem Klo fischen würde.

»Musst du so was öfter machen?«, fragte sie.

»Es geht.«

»Ziehst du dir nie Handschuhe an?«

»Nee.«

»Und was ist, wenn mal was anderes das Klo verstopft?«

»Sind alles Proteine, sagt mein Chef. Hier, bitte schön.« Ich hielt ihr, ohne genauer hinzuschauen, einen Plastikbeutel hin. Sie schmiss ihn ins Waschbecken und zog mich schnell nach draußen auf den Balkon.

Wir rauchten und schauten. Sie sprach von ihrem Bruder, über den ihre Eltern ganz unglücklich waren. Sie erzählte auch von ihrem Studium und dem praktischen Jahr an der Unfallklinik, und ich tat so, als würde mich das nicht beeindrucken. Wenn mich nur das an ihr beeindrucken würde, dann wäre ich der Depp.

Wir fanden heraus, dass wir auf dieselbe Schule gegangen waren, aber wir konnten uns nicht aneinander erinnern. Sie sagte schlechte Dinge über unsere mittelgroße Stadt, die sich durch nichts weiter auszeichnete als durch ihre Metallmanufakturen, einen Kirchturm aus dem fünfzehnten Jahrhundert und ein beliebtes Villengebiet für pendelnde Spitzenverdiener aus dem Tal. Ich zuckte mit den Schultern. Die Frankfurter Nordweststadt, in der sie jetzt wohnte, hatte auch nicht gerade Metropolflair. Aber immerhin lag sie nur zwanzig Fahrradminuten von meiner Wohnung entfernt.

Seither telefonierten wir unter der Woche manchmal, wenn wir zu viel getrunken hatten, wie am Montag.

Wir brachten uns gegenseitig zum Lachen. Aber es verwirrte mich, dass wir uns nicht aneinander erinnern konnten. Ich war mir aus irgendeinem Grund sicher, dass sie damals ein Goth gewesen sein musste. Ihre Haare waren sehr dunkel, und bestimmt hatte sie irgendwann in der Schulzeit auch mal Rastalocken gehabt. Sie war blass und oft müde.

»Das praktische Jahr«, sagte sie.

»Praktische Jahre sind wichtig«, antwortete ich.

Ich verliebte mich, obwohl ich nicht wusste, ob sie noch andere Typen sah. Ob sie irgendwelche Fäden spann oder nicht. Mir wurde schlecht, wenn ich an andere Männer dachte. Nicht aus Eifersucht. Mir wurde immer schlecht, wenn ich an andere Typen dachte.

Ich legte mich mit Bashkim vor der Garage auf den Boden, die Sonne schien noch, der Beton war aufgeheizt. Nachbarn liefen an uns vorbei und nickten uns zu.

»Erinnerst du dich, dass Kira und ihr Bruder auch bei uns auf der Schule waren?«, fragte ich Bashkim.

»Echt?«

»Ja, sie war eine Klasse über uns.«

Bashkim schüttelte den Kopf. »Das ist das Blei«, sagte er traurig. »Ich erinnere mich an nichts mehr, an gar nichts.«

»Das Komische ist, ich erinnere mich auch nicht«, sagte ich. »Mich nervt das. Ich hab keine Ahnung, wie sie damals aussah. Das ist doch ein schlechtes Zeichen, oder? Dass sie mir nicht aufgefallen ist.«

Bashkim zuckte mit den Schultern. Dann sprang er auf, nahm sein Mountainbike und wollte neue Energydrinks vom Supermarkt holen.

»Vielleicht ist es gar nicht das Blei«, sagte ich, »sondern das Taurin.«

»Ach, nerv mich nicht«, sagte er und fuhr los.

Kira kam um halb acht. Sie legte ihr Fahrrad auf den Boden, knöpfte sich die Jeans auf und setzte sich zu uns. Sie lehnte den Energydrink dankend ab, den ihr Bashkim hinhielt.

»Was ist das mit der Hose?«, fragte er.

»Darmkrebsvorsorge«, sagte sie.

»Echt?«, fragte Bashkim.

»Ja. Am besten wäre es, ihr würdet nur noch Jogginghosen tragen, die drücken nicht so auf dem Darm rum.«

Da hatten sich zwei Hypochonder gefunden. Bashkims Bleithema war sicherlich das gefundene Fressen für Kira.

»Hast du heute was Schlimmes gesehen?«, fragte ich, um abzulenken.

»Nicht schlimmer als sonst«, sagte sie. »Ein Typ hat sich die Hand unter der Kippvorrichtung von seinem Kipplader eingeklemmt und konnte sich nicht selbst helfen. Irgendeine Frau ist mit ihrem Hund vorbeigekommen und hat dann versucht, ihn zu befreien, hat aber auf den falschen Knopf gedrückt und ihm die Hand noch mehr ins Metall eingearbeitet.«

»Ist er dir verblutet?«

»Nein«, sagte sie und rückte näher zu mir heran. »Aber er hat sich nicht getraut, seinen Arbeitshandschuh auszuziehen, bis er bei mir war. Und als ich ihn dann aufgeschnitten habe, ist er umgekippt.« Sie lachte, und ihre Mundwinkel endeten kurz vor den Ohrläppchen.

»Wie lange bist du noch in der Unfallklinik?«, fragte Bashkim und kratzte mit seiner leeren Dose auf dem heißen Teer rum.

»Bis Ende Dezember«, sagte sie.

»Da war ich zuletzt, als ich mir ein bisschen vom Daumen mit der Flex abgesäbelt habe«, sagte Bashkim.

»Ich hoffe echt, dass ich dich da nicht sehen muss, bevor mein Jahr zu Ende ist«, sagte Kira.

Ich glaubte Bashkim nicht, dass er sich verletzte, weil er einfach ein bisschen Urlaub brauchte. Er war unvorsichtig. Es gab so Typen. Die brauchten echt Glück, um vierzig Jahre Kunstwerke aus Edelstahl zusammenzuschweißen, ohne dabei irgendeinen Körperteil zu lassen.

Kira griff kurz meine Hand und streichelte sie mit ihrem Daumen. Sie ekelte sich nicht mehr. Bashkim sah es und kniff schnell die Augen zusammen. Mir stieg etwas die Halsschlagader hoch, wahrscheinlich ein großer Schwall Blut.

Ich begriff plötzlich, dass wir erst ganz am Anfang waren.

Dann erzählte ich Kira und Bashkim von der Begegnung mit Daberkow, und Kira begann immer aufgeregter mit der Hand zu wedeln. »Den kenn ich!«, sagte sie. »Den hab ich mal in der Vorstadt gesehen und in einem Interview. *Wäh*, wie der sich da aufgebläht hat!«

»Und der wohnt hier?!«, fragte Bashkim.

»Ja«, sagte ich. »Anscheinend oben bei der Baumschule, im Wald.«

»Da gibt's nur ein Haus«, sagte Kira.

Ich zuckte mit den Schultern. »Vielleicht ist es das.«

»Und da sitzt er auf seinen versteckten Millionen?«, fragte sie.

»Bestimmt«, sagte Bashkim. »Und spielt sich an seiner kleinen querliegenden Zigarre rum.«

»Und führt bedeutungsvolle Selbstgespräche«, sagte ich.

»Und wahrscheinlich wird sein Ding nicht mehr hart!«, rief Bashkim.

Kira verzog das Gesicht.

»Tut mir leid«, sagte Bashkim. »Aber ich kann mich gar nicht beruhigen, wenn ich daran denke.«

»Er hat uns einen Auftrag gegeben«, sagte ich. »Wir sollen ihm ein uraltes Bad im Barockstil einbauen, das er in irgendeinem Herrenhaus ersteigert hat.«

»Lasst uns hinfahren!«, rief Kira. In der schwülen Luft klang ihre Stimme belegt wie unsere vom Tabakrauch. »Los, wir fahren hin!«, sagte sie noch einmal. Bashkim und ich lachten unsicher.

Kira stand auf. »Ich mein's ernst, ist doch lustig.«

Sie war wie ausgewechselt und gar nicht so müde wie sonst. Und weil ich glaubte, dass das an mir lag, an mir und Bashkim, war ich glücklich.

»Ihr habt Angst«, sagte Kira.

»Ja, weil der Typ, so wie es aussieht, *pervers* ist«, sagte Bashkim. »Außerdem sind wir keine sechzehn mehr.«

»Doch«, sagte sie. »Heute schon.«

Und sie hatte recht.

Also willigten wir ein und streckten ihr unsere klebrigen Energydrink-Hände entgegen, damit sie uns beim Aufstehen half.

Wir rollten mit den Rädern kreuz und quer durch die Straßen, die alle entweder Baum- oder Vogelnamen trugen. Hinter den Häusern und Villen bogen wir in den

Wald ab. Kurz hinter der Baumschule sprangen zwei Rehe hektisch aus dem Dickicht, wobei sich eines von ihnen in einem Drahtzaun verhedderte.

»So was Dummes«, sagte ich. »Was ist denn bitte mit dem Reh los. So dumm.«

Es befreite sich, und ein paar Meter weiter schreckten wir einen Bussard auf, der über ein Haus davonflog.

»Das ist es bestimmt. Da muss er wohnen«, sagte ich.

Wir legten die Fahrräder ins Gestrüpp. Kira und ich steckten uns Zigaretten an. Zu dritt standen wir so nebeneinander. Bashkim wollte an meiner Zigarette ziehen. »Was ist mit deiner Herzgeschichte?«, fragte ich. Genervt schüttelte er den Kopf und nahm eine von seinen eigenen.

»Kommt, lasst uns abhauen«, sagte er und stieg schon wieder auf sein Fahrrad.

Kira und ich blickten lange zum Haus rüber und rauchten langsam fertig.

»Lebt er alleine?«, fragte Kira.

»Männer in dem Alter, die so sind wie der, die leben immer alleine«, sagte ich.

Ich ging näher in Richtung Haus. Das kleine Tor neben der Einfahrt war verschlossen, die Einfahrt selbst auch. Er schien nicht da zu sein.

»Sein Volvo ist weg«, sagte ich.

»Kommt, wir schauen uns ein wenig um«, sagte Kira.

Bashkim winkte ab und sagte: »Tut, was ihr nicht lassen könnt.«

Eine Backsteinmauer führte um das Grundstück herum, hohe Büsche standen in unregelmäßigen Abständen vor und hinter ihr. Es war noch hell, auch im Wald. Kein Zwielicht, außer im Haus des Banditen. Dann hörten wir, wie jemand von hinten aus dem Wald auf uns zurannte. Kira und ich zuckten zusammen und gaben einen kleinen Schrei von uns, aber es war nur Bashkim, der uns wie in einem Gruselbuch für Kinder verfolgt hatte.

»Was ist denn?«, sagte ich.

»Hat er eigentlich jemanden umgebracht?«, fragte er.

»Umgebracht?« Ich schaute nervös zu den Fenstern des Hauses rüber.

»Egal«, sagte Bashkim.

Wir schlichen durch den Wald, immer mit sicherem Abstand zum Haus. Irgendwann ging die weiße Mauer in einen Maschendrahtzaun über.

»Er hat auf jeden Fall Leute auf dem Gewissen, so viel ist sicher«, sagte Kira.

Wir waren jetzt auf der Rückseite des Hauses. Das Gestrüpp war dort sehr dicht, und irgendwann hörte auch der Zaun auf.

»Von hier kommen wir doch aufs Grundstück«, sagte Kira.

»Macht es nicht«, sagte Bashkim.

»Bashkim, stell dich nicht so an«, sagte ich.

Wir traten ein paar dornige Ranken platt und hatten die Rückseite des Hauses im Blick. Ich roch es schon von weitem. Es roch fürchterlich. Noch schlimmer als das Munitionskistenhaus von meinem Chef. Vielleicht lag es gar nicht an den alten Munitionskisten, sondern generell an den alten Männern. »Schauerlich«, sagte Kira.

Wir gingen durch den Garten. Das Haus war alles andere als ein Palast. Es war ein Versteck, mehr nicht. Ein altes, heruntergekommenes Versteck. Doch obwohl Daberkow auch allen Grund dazu hatte, sich zu verstecken, schien es – anders als bei Roosbeks mit ihren Kameras und ihrem Franschissko – keine großen Sicherheitsvorkehrungen zu geben, die seine Privatsphäre hier draußen schützten.

Rechts lag ein kleiner dunkler Teich. Laub aus dem letzten Herbst hatte sich zu schwarzen Klumpen verwandelt. Von einer großen Terrasse am Haus führten ein paar Treppenstufen zu einem runden Pool. Ich schaute hoch zu den Fenstern, sie waren gekippt, aber wir hörten keinen Ton.

»Hal-lo!«, rief ich.

»Spinnst du?«, sagte Bashkim und ging hinter mir in Deckung. Kira lachte.

Natürlich rührte sich nichts. Er war einfach nicht zu Hause. Wir setzten uns auf ein paar Stühle, die auf der Terrasse herumstanden, und blickten auf das braune Wasser im Pool. Wir warfen kleine Tannenzapfen in die Brühe, und der Bussard flog über uns zurück an seinen Platz. Ich drehte mich zum Haus um und sah, dass die Terrassentür einen Spaltbreit offen stand. »Gib mir mal deinen Zollstock, Bashkim«, sagte ich, und er kramte in seinem Rucksack rum. Ich ging zur Terrassentür und hebelte sie mit dem Zollstock so weit auf, dass ich das Haus betreten konnte. Kira und Bashkim blickten mir hinterher.

»Fansi, das geht vielleicht einen Schritt zu weit«, sagte Kira.

»Er ist nicht da«, sagte ich.

»Aber er kommt vielleicht gleich wieder«, sagte sie.

»Dann gebt ihr mir ein Zeichen.« Ich schlüpfte durch die Öffnung ins Haus.

Im Haus war es kühl. Ich lief über das Parkett und hoch in den ersten Stock. Hinter der ersten Tür, die ich öffnete, lag ein Badezimmer mit großen Fenstern zum Garten. Ein barockes Bad hätte hier vielleicht nicht mal schlecht ausgesehen. Auf alle Fälle musste hier was gemacht werden: Die Wände waren grau und schmutzig, die alten Armaturen waren verrostet und verkalkt und tropften.

Hinter der zweiten Tür war das Schlafzimmer, das aussah wie das einer alten Frau. Über dem gemachten Bett hing eine Marienabbildung. Ich fuhr mit der Hand über die geprägte Oberfläche der Tapete und fühlte mich lebendig, weil ich etwas tat, das mir nicht zustand.

In den anderen Zimmern sah ich nur seltsame Geräte, die halb Folterinstrumenten, halb Geldfälschungsmaschinen ähnelten, aber ich dachte mir nichts dabei. Unten suchte ich die Küche. Der Kühlschrank war eingeschaltet. Im Gefrierfach gab es Eiswürfel. Im Wohnzimmer öffnete ich einen Holzschrank, hinter dessen Türen alle möglichen Schnapsflaschen standen. Ich nahm eine Flasche Wodka und drei Gläser, füllte sie auf, schmiss ein paar Eiswürfel dazu und ging mit der Flasche und den knackenden Drinks raus zum Pool.

Über den Tannen rings um das Haus begann es dunkel zu werden, und wir wurden langsam betrunken.

»Der kommt bestimmt nicht mehr. Der ist doch nur ein Gespenst, ein Schatten«, sagte Kira.

»Aber er gehört zu uns«, sagte ich. »Wie die Metallmanufakturen, der Kirchturm aus dem fünfzehnten Jahrhundert und die Hügel der Reichen.«

»Ich fühl mich wohl mit euch«, sagte Kira. »Ich fühl mich sicher.«

Bashkim kicherte. »Wir sind auch sicher«, sagte er. »Aber entmündigt.«

Kira flüsterte mir ins Ohr: »Ich fühl mich sicher mit dir.«

Ich bekam eine Gänsehaut und konnte nichts sagen.

»Ich hab gekündigt«, sagte ich dann doch ein paar Minuten später, weil auch ich mich sicher fühlte.

Kira lachte. »Quatsch«, sagte sie.

»Wirklich«, sagte ich.

»Warum das denn?«

»*Er* ist schuld«, sagte ich und zeigte hinter mir zum Haus. »Ich baue doch dem Perversen kein Barockbad ein.«

»Und dein Chef?«, fragte sie.

»Ich weiß es nicht. Ich helfe ihm jedenfalls nicht, das muss er irgendwie alleine schaffen.«

»Er schafft es doch nicht, dem hier ein Bad einzubauen«, sagte sie.

»Soll er von mir aus auch gar nicht.«

Bashkim grunzte zustimmend.

»Und wann genau hörst du auf?«, fragte sie.

»Jetzt.«

»Und was willst du stattdessen machen? Doch nicht etwa studieren?«

Bashkim grunzte wieder.

Ich schwieg.

»Und was? *Business Administration?*«, fragte Kira.

»Nein«, sagte ich. »Nimm es doch mal ernst, ich könnte doch ...«

»Wenn du Business studierst«, unterbrach mich Bashkim, »dann landest du auch hier im Wald.«

Ich zuckte mit den Schultern.

»Der Typ hier ist einfach nur krank, Fansi«, sagte Bashkim. »Ich meine, in meiner Familie sind auch alle kaputt, aber nicht so.«

»In meiner auch«, sagte Kira.

»In meiner auch«, sagte ich.

»Stimmt nicht, Fansi«, sagte Bashkim. »Bei dir ist niemand krank. Bei dir sind alle gesund, viel zu gesund. Bei dir ist alles rosig. Du leugnest das immer nur ein bisschen, um cool zu sein.«

»Dann bin ich halt der Kranke in meiner Familie«, sagte ich.

»Wieso das jetzt wieder?«, fragte Kira.

»Na ja, meine Geschwister haben null Verständnis dafür, dass ich nach dem Abitur die Ausbildung gemacht hab. Und dass ich von Perugino zu Hieronymus Bosch gewechselt bin, ging auch gar nicht.«

»Was sagen sie denn?«, fragte Kira.

»Sie finden, ich sollte noch mal einen anderen Weg einschlagen, umschulen oder studieren. Aber ich wollte schon als Kind einen Beruf mit Nutzen haben. So wie alle Kinder! Also was soll's?!«, rief ich.

Kira und Bashkim sagten nichts.

»Wisst ihr, wie sie mich auf der Berufsschule genannt haben?«, fragte ich. »›Klugschweißer‹! Fansi, du Klugschweißer. Nur weil ich Abitur hab.« Ich schleuderte mein Glas in Daberkows Pool.

»He«, sagte Kira. »Ist schon gut, reg dich nicht auf deswegen.« Sie kratzte sich nervös an den Handflächen.

Bashkim mixte sich noch einen neuen Energydrink mit Wodka.

»Warum kommst du nicht mit nach Paris im September, Fansi? Wir könnten 'nen klugen Schweißer wie dich gebrauchen«, sagte er.

»Ich weiß nicht.«

»Warum nicht? Einfach zur Überbrückung. Für die Rente, du weißt schon.«

»Aber ob mir die Perugino die Nummer mit dem verschwundenen Edelstahl verziehen hat?«

»Ach, du hattest doch immer einen guten Draht zu Perugino, die ist doch super. Die hat das schon vergessen.«

»Glaub ich nicht«, sagte ich. »Ich hab jedenfalls immer noch ein schlechtes Gewissen.«

»Egal, überleg's dir. Wird eher wie Urlaub«, sagte Bashkim und fummelte am Reißverschluss seiner Hosentasche herum.

»Wart ihr schon mal in Paris?«, fragte er uns.

»Klar«, sagte Kira.

»Zum Glück nicht«, sagte ich.

Bashkim winkte ab und versuchte trotzdem, mich weiter zu überreden. »Wir bauen das Teil in Paris auf, und dann ist das auch unser Werk. Wir sind nämlich doch die Kreativen.«

»Komm, hör auf«, sagte ich. »Weiß ich selbst.«

Ich stand auf und ging hinterm Pool zu einem Gartenhaus, das mir schon die ganze Zeit aufgefallen war. Ich öffnete die Tür und machte mit dem Handy Licht. Dort lagen, in Luftpolsterfolie verpackt, mehrere Armaturen und Teile eines uralten Badezimmers, das Daberkow am Dienstag auf dem Parkplatz des Supermarkts wohl gemeint hatte. Ich deckte alles wieder zu und ging zurück zu den anderen.

Im selben Moment hörten wir ein Auto durch den Wald näher kommen. Kira und Bashkim sprangen von den Gartenstühlen auf und rannten vor zu ihren Fahrrädern, ohne unsere Spuren zu beseitigen. Ich stolperte zur Terrasse, schnappte ihre Gläser und die Flasche und schmiss alles in den Pool. Dann hangelte ich mich über einen Haselnussstrauch auf die weiße Mauer, sprang auf der anderen Seite hinunter und lief in den Wald. Nach hundert Metern drückte ich mich flach auf den Waldboden, rührte mich nicht und holte erst mal Luft. Dann ging ich gebückt von Baum zu Baum wieder näher an das Haus heran, bis ich fast vorne am Waldweg ankam. Ich blieb geduckt stehen und beobachtete, wie Daberkow aus seinem Volvo ausstieg und vor sich hin plapperte: »Aber das ist der ausgeprägte Sozialneid in Deutschland. So was gibt es in Großbritannien und den USA überhaupt nicht. Neid, Missgunst, Rachsucht, nenn es, wie du willst. Wir leben in einem absolut lahmarschigen, kontengeführten

Land.« Was auch immer das zu bedeuten hatte, ich machte mich lieber aus dem Staub.

Bashkim und Kira waren nirgends zu sehen. Zum Glück war Daberkow mit dem Volvo mitten aus dem Wald und nicht aus der Siedlung gekommen. Ich hob die Hände, damit sie mir vom Dornengestrüpp nicht zerkratzt wurden, und rannte in Richtung der Straßen mit Baumnamen. Von weitem sah ich die beiden mit ihren Rädern unter der ersten der angesprungenen Straßenlaternen stehen.

»Es stimmt, er hat da ein Bad im Schuppen liegen, das aussieht wie das eines Königs«, schnaufte ich. »Er glaubt, er sei ein König.«

»Und?«, fragte Bashkim.

»Nie im Leben kann man ihm so was da einbauen! Das ist wirklich hundertfünfzig Jahre alt oder so. Ich mein, das kann so schön sein, wie es will, aber die Technik stimmt einfach nicht, du musst die Hebel ganz anders bewegen. Die hatten früher doch so einen Wassertank oder Wasserspeicher über den Klos.«

»Ihr könntet es vielleicht mit neuen Lederdichtungen versuchen«, sagte Bashkim. Ich war erstaunt, dass er überhaupt darüber nachdachte. »Vielleicht kann man es mit einem Druckminderer versuchen!«

»Das funktioniert nicht«, sagte ich. »Selbst wenn wir den Druck bis auf null runterregeln und alles einfetten, werden da nur hauchdünne Strahlen rausfließen.«

Bashkim nickte nachdenklich.

»Ich hab ihn gehört«, sagte ich, »er hat da vorm Haus mit sich selbst gesprochen wie Gollum im Höhlensystem vom Nebelgebirge.«

»Wir haben ihn gesehen«, sagte Kira. »Er hatte so eine gelbe Outdoorjacke an.«

Wir lachten.

»Ich muss noch mein Fahrrad holen«, sagte ich. »Hab ich liegen lassen.«

Gemeinsam gingen wir zurück in den Wald. In Daberkows Haus brannte Licht. Wir konnten seine Umrisse im Schlafzimmer sehen, in dem die Marienabbildung gehangen hatte. Ich hob mein Fahrrad vom Boden auf, und wir fuhren die Hügel runter und hielten an einer Tankstelle. In diesem Augenblick war ich glücklich. So glücklich, wie ich höchstens ein- oder zweimal im Jahr war. Plötzlich fand ich fast alles gut in meinem Leben. Ich wollte mir irgendetwas wünschen, wusste aber nicht, bei wem ich einen Wunsch frei hatte.

Kira und ich küssten uns im Tankstellenlicht. Dann sagte sie etwas zu mir, und ich winkte ab und trat lächelnd einen Schritt von ihr weg. Bashkim beobachtete uns heimlich und tat so, als würde er uns nicht heimlich beobachten, indem er versuchte, mit seinem Mountainbike Tricks zu machen, zum Beispiel auf dem Hinterrad fahren oder Vollbremsungen und irgendwelche Drehungen. Kurz darauf versuchte er, mich hartnäckig dazu zu überreden, wenigstens Urlaub zu nehmen, um mit ihm nach Paris zu fahren. Aber ich wollte mich noch nicht festlegen.

Wir waren sehr betrunken von Daberkows Wodka. Plötzlich warf mir Bashkim vor, dass ich immer noch viel zu sehr unter dem Einfluss meiner Familie stehen würde. Ich packte ihn an den Handgelenken, wir verdrehten uns gegenseitig die Arme und führten einen kleinen Ringkampf aus. Wir hatten beide Tränen in den Augen. Dann fuhr Bashkim ohne ein Wort davon.

»Was war das denn?«, fragte Kira.

»Ich weiß nicht«, sagte ich. »Ich kann es nicht erklären. Ist irgendwas zwischen uns.«

Ich begleitete Kira runter ins Tal. Vor ihrem Haus verabschiedete ich mich, ich traute mich nicht hoch, weil Licht brannte und ihr Bruder bestimmt auf dem Sofa hing. Er war mir wegen der Nummer mit den Drogen im Klo suspekt. Aber Kira versuchte auch nicht, mich zu überreden. Sie kratzte sich wieder die Handflächen, während wir voreinanderstanden.

»Schreib mir eine Nachricht, sobald du was von Bashkim gehört hast, ja?«, sagte Kira und verabschiedete sich von mir.

»Mach dir keine Sorgen«, sagte ich.

»Mache ich nicht.«

Auf dem Rückweg heulte ich ein bisschen. Ich kaufte mir irgendeine Limo und ein Sandwich mit Putenbrust am letzten geöffneten Kiosk und legte die Putenscheiben auf einen Mülleimer und war anschließend nur noch trauriger.

Am nächsten Tag fühlte ich mich so, als sei nichts passiert. Ich dachte nicht an Bashkim. Ich war nur voller Sehnsucht. Ich stand auf und öffnete die Türen zum Balkon. Die Straße war leer, in der Nähe läutete die 2600 Kilogramm schwere Glocke Maria Craft, und ich schmiss mich zurück aufs Bett. Dann rief ich Kira an.

»Willst du wirklich anfangen zu studieren?«, fragte sie.

»Ja«, sagte ich, »vielleicht.«

Ich rieb mir meinen Kopf an der Matratze wund.

»Mach es nicht«, sagte sie. »Bleib doch so.«

»Wie denn?«, fragte ich. »Angestellt?«

PARIS

7

Bashkim und ich trafen uns ein paar Stunden vor Abflug in der Goethe Bar.

»Nächstes Mal fahren wir mit dem Zug«, sagte Bashkim und setzte sich auf einen Stuhl, der leise Luft ausstieß. Ich war müde, und es war mir egal, wie wir nach Paris kamen. Reisen war etwas Fremdes für mich. Ich machte selten Urlaub, nur mit Bashkim war ich manchmal auf Montage nach Jakarta oder Doha oder New York geflogen, aber da hatten wir meist keine Zeit gehabt, uns etwas anzuschauen. Wir kannten Jakarta und Doha und New York überhaupt nicht.

»Ich hatte heute Nacht wieder diesen Traum«, sagte Bashkim. »Ich träum inzwischen fast jede Nacht von einer Skulptur aus Aluminiumblech, die mit Flip-Flop-Lack lackiert ist und die dann immer plötzlich verschwindet, kurz bevor ich sie richtig sehen und berühren kann. Manchmal hab ich Angst. Aber heute Nacht hatte ich keine Angst. Es fühlte sich nicht so schlimm an. Ich konnte wieder nichts erkennen, aber diesmal war es mir egal.«

Ich nickte. Die Bedienung kam und nahm unsere Bestellung auf. Wir bestellten Würstchen und Energydrinks.

»Und du?«, fragte er. »Was hast du geträumt?«

»Nicht viel«, sagte ich. »Eigentlich erinnere ich mich

nicht. Ich selbst komme auch gar nicht mehr in meinen Träumen vor.«

Die Leute schielten auf unsere speckigen Arbeitsrucksäcke, die neben uns auf den Stühlen standen. Ich holte meine Kopfhörer für den Flug raus. Bashkim zog sich die Kapuze seines Pullovers über den Kopf und schaute mich verträumt an. »Ich bin müde«, sagte er.

»Ich auch«, sagte ich.

»Ich glaube, das liegt an den Träumen.«

»Oder am Blei«, sagte ich.

Wir blickten uns unter den Reisenden um. Sie hingen über ihren Weizenbiergläsern, und die Handydisplays spiegelten sich in den randlosen Brillen. Alle tranken am frühen Morgen.

Bashkim vergrub sich noch tiefer in seinem Kapuzenpullover. »Ich nehm noch einen«, sagte er. »Du auch?«

»Ja.«

Er stand auf und ging mit seiner Jogginghose zur Bar. Ich enthedderte die Kabel der Kopfhörer.

»Auf Paris«, sagte Bashkim, als er mit zwei Dosen Red Bull zurückkam. Wir nickten uns zu. »*Stadt der Liebe.* So ein Quatsch«, sagte Bashkim.

Später zahlten wir widerwillig den Preis, den man für die vier Dosen und die Würstchen verlangte, und gingen in ein Zeitschriftengeschäft. Ich blätterte durch ein Magazin und blieb an einem Artikel über Damien Hirst hängen, der sich mit Jeff Koons um den Titel »reichster Künstler der Welt« stritt.

»Hier ist ein Artikel über Damien Hirst drin.«

»Zeig her«, rief Bashkim und nahm mir die Zeitschrift ab. Er blätterte durch das Heft und ließ dabei die Schultern hängen. Dann las er vor: »Hier steht: ›Damien Hirst vertraut nicht auf traditionelle Kunstliebhaber, sondern sucht sich gezielt russische Oligarchen, arabische Ölscheichs und angelsächsische Hedgefonds-Manager als Abnehmer.‹« Bashkim schüttelte den Kopf und stöhnte. »Fansi, das ist alles so ein Zirkus. Der Tulpenstrauß, das ist auch nur wieder eine große Egoaktion von Koons, mehr nicht. Da steckt wirklich nicht viel dahinter. Ich meine, das Teil ist schon krass und so, aber es taugt nicht genug, um als große Geste durchzugehen, oder?«

»Große Geste für ihn selbst vielleicht«, sagte ich.

Wir verließen den Zeitschriftenladen, ohne etwas zu kaufen, und traten zwischen den Gates in eine der Raucherkabinen. Die Kabine war voll bis in den letzten Winkel, man musste aufpassen, dass man sich mit den Zigaretten nicht gegenseitig die Gesichter verbrannte. »Wir sind entmündigt«, sagte Bashkim und steckte sich eine Kippe an, und ich schaute ihm dabei zu.

Mir war nicht nach Rauchen zumute. Vielleicht hätte ich ihm lieber von außen durch den Kasten aus Plexiglas zuschauen sollen, mir wurde sofort schlecht und schwindelig vom kalten Rauch und vom Gedränge.

»Meinst du wirklich, dass wir fünf Wochen brauchen, um das Teil aufzubauen?«, fragte ich Bashkim.

Er zuckte mit den Schultern. »Schon. Könnte komplettes Chaos werden.«

Es wurde still in der Kabine. Kein Gescharre mehr.

»Dass wir zur Eröffnung bleiben«, sagte Bashkim und blies Rauch in Richtung Abzug, »das habe ich noch nie gemacht. Weder in Aspen noch in Doha. Ich bin auch zu den Vernissagen nie geblieben.«

»Kira will auch zur Eröffnung kommen«, sagte ich.

»Gut«, sagte Bashkim und blies Rauch aus. »Super, dass es läuft zwischen euch. Typen wie du, die haben einfach Glück.«

Bashkim klopfte an einen Aluminiumrahmen der Raucherkabine. Dann steckte er sich die Kippe in den Mundwinkel, runzelte die Stirn und hielt seinen Kopf nahe an das Metall heran. »Könnte von uns sein«, sagte er.

Ich hielt meinen Kopf neben seinen. »Warte mal, das ist von uns«, sagte ich. »Sieht mir schwer nach Perugino aus.«

Wir befummelten das kühle Metall.

»Na ja, du hast ja nix dazu gesagt, aber ich will noch mal aufs Thema zurückkommen«, rief Bashkim, den es anders als mich offenbar nicht störte, dass man uns zuhörte. »Ich glaub, dass ich einfach keine Zeit für 'ne Partnerin hab, weißt du, was ich meine?«

»Versteh ich schon. Alte Harleys aufpolieren, den ganzen Tag Red Bull trinken und mit dem Mountainbike rumfahren, ist ja klar, dass du da keine Zeit hast«, sagte ich.

»Genau«, sagte er. »Aber weißt du, was mich noch mehr wurmt? Dass ich eben in so 'ner Regionalzeitung im Zeitschriftenladen etwas über eine Medizinstudentin lese, die tödlich verunglückt ist. Aber niemand würde eine Meldung über einen tödlich verunglückten Metallarbeiter drucken. Wir stehen einfach nicht auf derselben *Stufe* wie die, verstehst du? Das ist doch scheiße.«

Alle blickten zu Bashkim. Jemand flüsterte etwas und zog an seiner Zigarette.

Bashkim sprach zum ersten Mal über so was. So wie ich ihn kannte, bestand das größte Problem für ihn allerdings darin, dass er *eingeredet* bekam, dass er abgehängt war, obwohl er sich gar nicht abgehängt *fühlte*.

»Sie hätten vielleicht was über mich geschrieben, wenn ich von einem elf Meter hohen Kunstwerk von Jeff Koons abgerutscht und ums Leben gekommen wäre. Aber da geht's ja dann auch schon wieder nicht um mich.«

Ich lachte.

»Du wirst schon sehen, dass ich recht habe«, sagte er traurig. »Bald kommt wieder so eine Zeit, in der es allen nur ums Partymachen geht und in der sich jeder selbst am nächsten ist. Dann ist so was wie Gemeinschaft und Solidarität und diese ganzen Sachen, die sind dann überhaupt nichts mehr wert. Spiegelt sich dann auch in den Berufen wider, glaube ich. Wir zählen nicht mehr so viel, glaub mir.«

Er hatte die Zigarette im Mundwinkel kleben, die Kapuze immer noch tief im Gesicht, und schaute sich um. »*Du* zum Beispiel«, sagte er und zeigte auf einen kleinen Typ mit Kopfhörern im Ohr, der in der Ecke der Raucherkabine stand. Der Typ nahm die Kopfhörer raus und starrte Bashkim an. Er trug weiße Turnschuhe. Bashkim hasste weiße Turnschuhe. »Was machst du?«, fragte Bashkim, und ich flüsterte Bashkim zu, dass das nicht fair sei, weil er weiße Turnschuhe trug und uns doch absolut klar war, was er machte.

Sein Hals war so kurz und sein Körper so gedrungen, dass es mir vorkam, als würden seine Schultern sich schon mal in Stellung bringen für die kommenden unsensiblen Jahre.

»Was ist los?«, fragte der Typ.

»Was hast du für einen Beruf?«, setzte Bashkim nach.

»Juckt doch keine Sau«, sagte er.

»Doch, mich interessiert's«, sagte Bashkim, und ein paar andere in der Kabine nickten sogar zustimmend.

Der Typ zog an seiner Kippe und zuckte mit den Schultern. »Ich bin Account-Manager in einem Unternehmen für Finanz-PR«, sagte er.

Bashkim kämmte sich die Kapuze vom Kopf, und seine schwarzen Augen begannen zu glänzen.

»Was genau«, fragte Bashkim und zog lange an seiner Zigarette, »was genau muss man da machen?«

»Ich baue Beziehungen auf.«

»Beziehungen?«

»Ja, klar. Beziehungen.«

»Und was sonst noch so?«

»Na ja, Cross- und Upselling zum Beispiel.«

»Ah«, sagte Bashkim.

»Bisschen Projekt-Controlling und so. Was halt so anfällt.«

»Verdient man da viel?«

»Ich kann mich nicht beschweren. Aber man ist auch echt viel unterwegs.«

»Ah ja, aha«, sagte Bashkim und trat seine Zigarette

auf dem Boden aus. »Fühlst du dich in irgendeiner Weise *abgehängt* oder so?«, fragte er.

»Abgehängt?«, sagte der andere ungläubig und lachte. »Wieso sollte ich?«

Bashkim richtete sich auf. Er überragte den kleinen Typ mit den weißen Turnschuhen zwar nicht so sehr wie ich, aber Bashkim war auch seine eins fünfundachtzig oder so. Und der Typ bekam es ein bisschen mit der Angst zu tun. »Da haben wir's«, sagte Bashkim in die Runde und drehte sich mit ausgebreiteten Armen um sich selbst. Aber die Leute beachteten ihn nicht mehr.

Der Typ setzte einen fragenden Blick auf und steckte sich vorsichtig wieder seine Kopfhörer ins Ohr.

»Komm, wir hauen ab«, sagte Bashkim. »Er fragt ja nicht mal, was wir machen.« Bashkim riss die Tür zur Kabine auf. Wir gingen mit unseren Rucksäcken runter zum Gate. Im Flieger saßen wir getrennt, und nach etwas mehr als einer Stunde landeten wir in Paris.

Der Charles-de-Gaulle-Flughafen war gerammelt voll, und mir ging's schlecht. Ich arbeitete inzwischen seit fünf oder sechs Wochen nicht mehr bei Hieronymus Bosch und war das Rumlungern nicht gewohnt. Ein bisschen hatte mir die Kündigung Minuspunkte bei Kira eingebracht, sie hatte sich nämlich gerade an meine rissigen Hände gewöhnt. Und ihre waren vom Gekratze selbst so rau, dass wir uns anfassten wie Schmirgelpapier.

Dafür hatte mir Perugino wegen der Geschichte damals wirklich verziehen und mich als Freien für die Montage in Paris angeheuert.

Nachdem Bashkim in einer der Sitzreihen vor mir versunken war, hatte ich noch zwei Dosen Energy geschafft, bevor wir in Paris gelandet waren. Jetzt begann ich durch die Schikanen und Kontrollen und das Kofferabholen wieder runterzukommen.

Perugino hatte jemanden organisiert, der uns am Flughafen abholte und zum Hotel brachte. Bashkim und ich teilten uns, wie immer auf Montage, ein Doppelzimmer. Das Hotel lag in der Rue Saint-Dominique, von wo wir über eine Brücke zur Baustelle laufen konnten. Es war nicht sonderlich luxuriös, tat aber so, und wenigstens war es ruhig. Das Zimmer war okay, groß genug für zwei. Es gab einen kleinen zweiten Raum mit Sofa und Schreibtisch, und wahrscheinlich würden wir sowieso den ganzen Tag auf der Baustelle abhängen.

Ich zog meine Schuhe aus und legte mich aufs Bett. Im Kopf ging ich die Montagen durch, auf denen ich mit Bashkim gewesen war.

»Weißt du noch, wie wir den Koons im Garten von dem Millionär in Aspen aufgebaut haben?«, fragte ich Bashkim und schaltete den Fernseher ein.

»Ja«, sagte er und ratterte los. »Da sieht man mal wieder, dass die *alle* keine Ahnung haben. Koons ist manchmal schon geil und so, aber wenn ich viel Geld hätte, dann würde ich mir doch nichts vom reichsten oder berühmtesten Künstler der Welt kaufen. Da muss es doch viel ausgefallenere Sachen geben, oder nicht? Die Leute tun gerade so, als *müsste* ihnen Koons gefallen, sobald sie selbst Geld haben. Er ist der einzige

Künstler, mit dessen Arbeit sie klarkommen, weil Koons *auch* reich ist.«

Bashkim schmiss seine Turnschuhe in irgendeine Ecke des Zimmers und legte sich neben mich aufs Bett. Er quatschte noch ein bisschen über Reichtum und schaute dann auf sein Handy und war still.

Ich stand auf und blickte aus dem Fenster auf einen Innenhof. »Paris ist genauso wie Koons. Reiche Leute glauben, dass sie es schön finden *müssen*«, sagte ich, und Bashkim grunzte zustimmend im Halbschlaf. »Aber warte mal ab«, sagte ich. »Wahrscheinlich verliebst du dich hier noch.« Bashkim grunzte wieder. »Dem berühmtem Bashkim kann doch niemand widerstehen. Schließlich hat er das neue Wahrzeichen von Paris gebaut«, sagte ich.

Bashkim schloss die Augen und lachte. Dann atmete er so lange aus, wie ich noch nie jemanden hatte ausatmen hören. Ich legte mich zurück aufs Bett, und wir machten ein kleines Nachmittagsschläfchen, wie man es nicht machen sollte, wenn man schon so viel Koffein getrunken hatte.

Eine Stunde später weckte mich das Objekt, nach dem Bashkim in seinen Träumen suchte. Ich rüttelte ihn an der Schulter. »Jetzt träume ich auch schon davon!«, rief ich. »Ich weiß jetzt, was du im Traum nicht sehen kannst. Ich hab's entdeckt!« Aber er winkte nur ab.

Draußen war es Abend geworden, und die Tapeten waren schwarz. Ich zog Bashkim an einem Fuß aus dem Bett. Wir machten uns frisch und gingen nach draußen.

Wir schauten auf unsere Handys, um den Weg zum Petit Palais zu finden. Wir liefen zwischen zwei Grünflächen und an einer stark befahrenen Straße über die Seine, es lag auf der rechten Seite. Hinterm Palais, das von vorne echt beeindruckend aussah und von hinten eher unscheinbar, lag ein Garten, begrenzt von einem Holzzaun. Er war vielleicht ein bisschen größer als ein gewöhnlicher Garten, aber eben auch kein Park. Hier sollten wir den Tulpenstrauß aufbauen.

In einem Rechteck hatte man um die genaue Stelle einen Bauzaun errichtet, der mit schwarzer Folie abgehängt und mit gelben Warnhinweisen beklebt war. Wir traten an den Zaun heran – niemand war da. Wir gingen einmal um ihn herum und riefen »Hallo« und »Entschuldigung« in drei Sprachen, aber niemand antwortete. An einer Stelle, wo der Abstand zwischen Boden und Zaun relativ groß war, legten wir uns auf die Bäuche und robbten drunter durch.

Innerhalb des Zauns hatten die Franzosen einen grünen Bürocontainer aufgestellt, in dem wir wahrscheinlich bei schlechtem Kaffee unsere verregneten Mittagspausen verbringen würden. Und dort, wo der Tulpenstrauß stehen sollte, lag ein riesiger würfelförmiger Steinklotz aus Muschelkalk. »Das Fundament«, sagte Bashkim und schlich um den Sockel herum. »Der soll die Hand tragen.«

»Und warum sind die Tulpen noch nicht da?«, fragte ich. Schon befürchtete ich, dass mir fünf Wochen Paris zu viel werden könnten.

»Die Tulpen sind anscheinend schon irgendwo in Paris«, sagte Bashkim. »Die werden ja dann alle einzeln angeliefert, Stück für Stück. Und morgen früh bringt erst mal ein Schwertransporter die Hand.«

»Wir brauchen nicht länger als fünf Wochen, oder?«, fragte ich.

»Glaube nicht«, sagte Bashkim. »Vor allem kommen morgen noch Bill und Marcel aus dem Thüringer Werk dazu und helfen. Zu viert und mit der französischen Baufirma sollte das kein Ding sein.«

Wir standen im allerletzten Spätsommerlicht von Paris, das sich urplötzlich in ein Herbstlicht verwandelte, und sagten eine Weile lang nichts. Weder Bashkim noch ich hatten damals live etwas von den Terroranschlägen mitbekommen. Zu der Zeit arbeiteten wir noch zusammen und hatten wie immer gegen Mittag Feierabend gemacht. Ich erinnerte mich, dass wir in Bashkims Auto in die große Stadt gefahren und erst in ein paar Kneipen und dann in einen Club gegangen waren, genau wie die Leute hier in Paris. Es kam mir ziemlich unwirklich vor, dass wir jetzt ein Denkmal für all die Toten aufstellen sollten.

Ein paar Wolken zogen auf, und es begann zu regnen. Wir liefen ins zehnte Arrondissement und kamen an den Cafés vorbei, in denen die Dschihadisten gemordet hatten, aber wir trauten uns nicht rein, sondern setzten uns in irgendeine Brasserie und aßen Steak.

Wir blickten durch die Fenster nach draußen. Ich dachte an die Tulpen und wusste, dass sie auch im regnerischen Paris ihren Glanz nicht verlieren würden. Sie würden wie aufgewärmt und aufgeladen wirken, selbst an Gewitterabenden würden sie bunt strahlen.

Bashkim war schon wieder in seinem Kapuzenpullover versunken und starrte auf sein Handy. Heute fühlte ich mich sehr allein mit ihm. Eine Kellnerin trat an unseren Tisch und weckte uns aus irgendwelchen Erinnerungen. Wir schauten auf die Uhr.

»Lass uns zahlen«, sagte ich zu Bashkim.

»Mach du«, sagte er und stand auf, »du hast doch ein bisschen Französisch gelernt.«

»Ja, aber dafür musste ich Arbeitslehre abwählen. Und was hat's mir gebracht?«

»Tja«, sagte Bashkim. Er ging zur Tür und nach draußen. Dort drückte er sich ein wenig zwischen den Tischen herum, an denen noch ein paar Touristen saßen. Ich ging zur Theke und bezahlte mit meinem schlechten Französisch die Rechnung.

Draußen war alles beleuchtet. Wir gingen eine vermeintlich gerade Straße in Richtung Hotel, bis wir plötzlich feststellten, dass wir quasi im Kreis gelaufen waren, und endlich unsere Handys benutzten.

Auf einer Brücke blieben wir stehen und schauten aufs Wasser. »Das Leben berührt mich manchmal«, sagte Bashkim und schaute sich um. »Scheiße, diese Stadt ist *golden*. Offen, weit. Im Augenblick ist alles offen und weit.«

Ich war zu verwirrt, um zu antworten. Solche Worte hatte er noch nie verwendet. Vielleicht machte Paris ihn zum Poeten.

Auf dem Weg zurück zum Hotel erzählte Bashkim eine Geschichte, die ich schon längst vergessen hatte: »Weißt du noch, dieser eine Abend im Dezember? Als ich dein Auto im Schnee in den Laubhaufen gesetzt hab? Das war, als wir Pilze genommen haben und du gesagt hast, dass ich mal sliden soll. Und dann sind wir in die Straße von deinem Chef, weil da nie was los ist, und wir sind geslidet und geslidet, bis der Punto irgendwann halb aufgebockt in dem Laubhaufen stecken geblieben ist. Absolut unspektakulär, aber auf Pilzen dachten wir, dass er da steht wie auf 'ner Raketenabschussbasis. Und dann sind wir aus dem Auto rausgefallen und rüber zum Bungalow von deinem Chef und haben bei ihm geklingelt. Ich weiß noch genau, wie er sein Bier in der Hand hatte und zu uns raus in den Schnee getreten ist. Das ist eine meiner schönsten Erinnerungen, glaube ich.«

Auf einmal erinnerte ich mich auch. Bashkim erzählte weiter: »Erinnerst du dich auch noch an die komische Form, die die Pilze hatten? Wir konnten danach jedenfalls ziemlich gut sehen. Total scharfe Schatten um das Haus von deinem Chef herum, und der Schnee fühlte sich so kalt und klar an.« Bashkim wurde ganz aufgeregt und klopfte mir mit gebogenem Zeige- und Mittelfinger gegen den Oberarm. »Und hinter deinem Chef hatte eine Frau gestanden, mit einem glitzernden Oberteil, und sie hatte eine Lederjacke über diesem glitzernden Oberteil und hatte ihre Arme eng um den Oberkörper geschlungen. Weißt du noch, wie wir uns vor den beiden gegruselt haben?«

»Ja«, sagte ich.

Ich dachte an das Alleinsein meines Chefs, und der Gedanke fühlte sich schlimm an, weil das für mich nicht funktionieren würde. So zu sein wie er, allein und alt, in einem Haus, gebaut aus Munitionskisten. Und jetzt war auch ich ihm noch davongelaufen.

»Ich seh sie noch vor mir, wie sie sich mit den Fingern durch die Haare gefahren ist«, sagte ich.

»Genau. Und wie wir dann lachend wieder abgezogen sind. Zurück zum Panda, *in* den Panda, Rückwärtsgang und weg. Das war das einzige Mal, dass ich ihn mit jemandem gesehen habe«, sagte Bashkim. »Wir wollten ihn und seine Freundin doch noch überreden, sich den Panda anzugucken, aber sie wollten nicht, ihnen war kalt, und sie sahen glücklich aus.«

»Ja«, sagte ich.

Wir kamen an einem kleinen Kiosk vorbei, der noch geöffnet hatte. Bashkim kaufte sich im Neonlicht des Ladens ein halbes Dutzend Dosen Energydrinks und ich eine Tüte Chips und Nüsse. Wir wollten für das internationale Gefühl, das wir hier in Paris auf einmal hatten, die ganze Nacht CNN oder BBC schauen.

Als wir aus dem Laden traten, sahen wir die Sterne schwach und kalt leuchten. Und ich dachte immer, in einer Riesenstadt wie Paris könnte man niemals etwas am Himmel sehen.

8

Bashkim schimpfte auf Bill und Marcel. Seit zwei Stunden saßen wir in der Hotellobby rum.

»Als wir in Florenz waren und da eine Ausstellung von Koons im Palazzo Strozzi aufgebaut haben, da bin ich mit denen in die Uffizien und zum Michelangelo-Platz, aber da war rein *gar nichts* in ihren Köpfen los, gar nichts. Die haben sich für die Souvenirstände interessiert, mehr nicht. Kneipen, Bier und Shops, das war's. *I love Florenz.* Und die labern durchgehend über Autos ab und über Arbeit. Überleg mal, Bill und Marcel bauen die Kunstwerke für Jeff Koons. Typen, die in Florenz sind und an nichts anderes denken als an Autos, Bier und Flaschenöffner mit Leonardo da Vinci drauf.«

»Würden sie sich für was anderes interessieren, dann wäre die deutsche Metallverarbeitung aber wahrscheinlich auch nicht so gut«, sagte ich.

»Vielleicht«, sagte Bashkim. »Aber warum brauchen die so lang?«

Wir warteten und warteten. Ich las eine französische Tageszeitung und verstand nichts. Ich bereute, damals Französisch und nicht Arbeitslehre gewählt zu haben. Bashkim klöppelte auf dem Handy rum wie auf einer Morsetaste. Wir hingen so tief in den Sesseln der Lobby, dass unsere knubbeligen Knie beinahe unsere Kapuzenköpfe überragten. Bashkim hatte den Mund leicht geöffnet beim Wischen. Wir saßen mit weit gespreizten Beinen da und tranken so viel Cola und *café*, bis uns schlecht wurde und wir kichernd auf der Toilette der Bar verschwanden.

Als Bill und Marcel endlich im Hotel ankamen, stellte sich heraus, dass Bashkim nicht übertrieben hatte. Sie schlappten und zottelten zur Rezeption, begrüßten uns träge und redeten sogleich voreingenommen über den Taxifahrer, die Marke des Taxis und die Stadt. Wir aßen etwas im Hotel und gingen danach rüber zum Platz am Petit Palais, und ich fühlte mich unwohl: Wir trugen Hosen mit Zollstocktaschen, Reflektoren und Klettverschlüssen, und unsere Jacken waren wasserabweisend, winddicht und atmungsaktiv und sahen dementsprechend scheiße aus. Als wir die Seine überquerten, rückten ein paar Pariserinnen ihre Sonnenbrillen in Richtung Nasenspitzen und musterten uns über deren Ränder. Eine von ihnen schaute uns sogar über den Rücken hinterher. Der Blick sagte aber eher: Was wollen so Typen wie *ihr* in Paris? Und eben nicht, wie Bill und Marcel dachten: So Typen wie euch brauchen wir hier in Paris.

Bill und Marcel liefen hinter uns her. Sie schlugen sich gegenseitig auf den Rücken, wenn sie Frauen sahen, die ihnen gefielen, und auf die Bäuche, wenn sie anschließend Witze über sich selbst machten.

Am Petit Palais stand der Bauzaun, und hinterm Bauzaun deutete bis auf den Sockel aus Muschelkalk immer noch nichts darauf hin, dass hier in den nächsten Tagen und Wochen ein Gegengeschenk zur Freiheitsstatue aufgebaut werden würde. Eine kleine Gruppe von Franzosen mit Warnwesten marschierte in der Nähe vorbei. Bill und Marcel wollten ihnen schon entgegengehen, aber wir erklärten ihnen, dass es sich dabei um eine Protestbewegung handelte und nicht um das französische Unternehmen, das uns dabei helfen sollte, die Tulpen aufzubauen.

Wir rauchten alle vier und standen herum. Aus der Tür des Baucontainers trat ein Franzose mit Koteletten und stellte sich als Leiter der französischen Seite vor. Wir schüttelten ihm die Hand, die Zigaretten im Mundwinkel. Dann telefonierten wir mit dem Fahrer des Schwerlast-Lkws, der die Tulpenfaust transportierte. Er steckte irgendwo hinter Reims auf der Autobahn im Stau fest.

»Zweiundzwanzigtausend Stunden«, sagte Marcel oder sagte Bill – ich konnte sie nicht auseinanderhalten –, jedenfalls nannte Bill/Marcel die Gesamtzahl der Arbeitsstunden, die alle Mitarbeiter von Perugino an den Standorten in Hessen und Thüringen zusammengerechnet am Tulpenstrauß gesessen hatten. Die Arbeit der Fremdfirma in Ulm und die neunhundert Stunden für den Aufbau nicht mitgerechnet.

Der französische Bauleiter hatte uns seine Nummer und diverse Schlüssel gegeben und war wieder abgehauen. Nun standen wir weiter zu viert um den Sockel rum und warteten. Marcel und Bill wussten vom Antipisseffekt und taten jetzt so, als würden sie gegen den Sockel urinieren und ihre Pisse ihnen zurück ins Gesicht spritzen.

»Der Antipisslack ist noch nicht drauf, Mann«, sagte Bashkim.

»Wer hat den Sockel gemacht?«, fragte Bill/Marcel.

»Der ist von den Franzosen, von irgendeiner Steinmetzfirma. Ist aus Muschelkalk«, sagte Bashkim.

Wir knieten uns hin und suchten vergeblich nach Muscheln im Muschelkalk. Dann drückten wir unsere Kippen am Boden aus. In fünf Wochen würde es hier aussehen wie in einem sandigen Aschenbecher vor einer psychiatrischen Klinik.

Um nicht untätig zu sein und die Wartezeit zu überbrücken, beschlossen wir, Paris zu erkunden, und gingen zur Place de la Concorde. Wir liefen um den Obelisken rum, der Bill und Marcel glauben ließ, wir seien in Ägypten.

»Das war mal ein Hinrichtungsplatz«, sagte Bashkim und schaute auf sein Handy.

Woraufhin einer von den beiden Thüringern rief: »Die Guillotine!«

»Was für 'ne Guillotine?«, fragte Bashkim und öffnete sich eine Dose Energydrink, die er in seinem Rucksack mit sich herumschleppte. »Hallo, Marcel, welche Guillotine?«, fragte Bashkim noch einmal.

»Die Guillotine, die wir extra für die Eröffnung gebaut haben«, sagte Marcel.

»Du meinst für die Einweihung?«, fragte Bashkim.

Marcel nickte und zog an seiner Kippe.

»Die Blumen und die Hand sollen doch bis zur Einweihung mit diesem dünnen Stoff verhängt werden, den ihr bestellt habt«, sagte er. »Und damit der dann losgelöst werden kann, haben wir 'ne Miniguillotine gebaut, die oben auf Knopfdruck den Knoten durchschneidet. Und dann gleitet die Verhüllung elegant zu Boden, und dann atmen alle entzückt auf.«

Und Bill sagte: »Wird geil.«

»Ja, wird geil. Was sagt ihr?«, fragte Marcel und nickte Bashkim und mir zu. Und zum ersten Mal hatten Bashkim und ich wirklich nichts einzuwenden.

Ich nahm einen Schluck von Bashkims Energydrink und verspürte so ein bisschen was wie Tatendrang. Eigentlich hasste ich Montagereisen. Mir war es nicht gut gegangen in Doha, mir war es nicht gut gegangen in Indonesien, in Aspen und überall sonst, wo wir Kunstobjekte in Museen oder für Privatleute aufgebaut hatten. Trotzdem bekam ich irgendwann, so wie jetzt in Paris, das unbestimmte Gefühl, mobil zu sein, nicht auf etwas fixiert zu bleiben. Immer dann, wenn so etwas wie die Miniguillotine verhandelt wurde, glaubte ich, einen großen Sinn hinter der Metallarbeit zu sehen. Und dann war alles egal: Dann dachte ich nicht mehr an Aspen oder Koons oder die Millionengeschäfte, ich dachte nicht ans Ziselieren, an gequetschte Daumen und an den Schweiß, der einem vom Rücken in die Ritze floss: kitzelnd, juckend und stinkend wie der Apfelwein von Possmann.

Wir gingen zu einem kleinen Supermarkt, um uns etwas zu essen zu holen, und Bashkim kaufte sich noch mehr Energydrinks, diesmal eine französische Marke, von denen er gleich einen mit herabgezogenen Mundwinkeln trank.

»Was hat eigentlich damals die Untersuchung ergeben?«, fragte ich Bashkim.

»Was für 'ne Untersuchung«, sagte er schlürfend.

»Na, deine Herzuntersuchung.«

»Ach so! Ja, alles in Ordnung. Nix gefunden.«

»Hast du denen erzählt, wie viele Energydrinks du säufst?«

»Nee, hab ich nicht, warum?«

»Weil das eventuell das Problem sein könnte?«

»Nein, das ist von was anderem. Ist stressbedingt. Ich hatte das auch seitdem nicht mehr.«

»Ja, aber du trinkst doch stressbedingt Energydrinks.« Er zuckte mit den Schultern.

»Das Zeug bringt dich noch um«, sagte ich.

»Nerv mich mal grad nich, Bruder«, sagte Bashkim und trank weiter.

Der Lkw-Fahrer hing immer noch im Stau. Es musste echt ein großer Stau sein. »Ich will nicht mit ihm tauschen«, sagte ich. »Lieber vier oder fünf Wochen hier Metall aufhäufen als mit einem Schwerlasttransporter durch Paris fahren müssen.« Wir saßen auf einer Parkbank und entfernten die Plastikfolien von den Snacks, die wir uns am Kiosk gekauft hatten. Ich fühlte mich wie auf Klassenfahrt.

Als uns wieder langweilig wurde, holten sich Bill und Marcel an einem Hähnchenstand Hähnchen, und ich setzte mich mit Bashkim in eine Bar. Wir hatten uns gerade das zweite Bier reingekippt, als Perugino anrief und fragte, wo wir seien, der Lkw-Fahrer warte mit der Tulpenhand auf uns und könne uns nicht erreichen. Wir stöhnten und sagten ein paarmal »Scheiße, Scheiße«. Nur weil wir mal eine Stunde nicht auf unsere Handys geschaut hatten.

Bei der Bezahlung wollte ich mich diesmal raushalten, ich würde doch hier nicht die nächsten paar Wochen mit den Garçons diskutieren. Allerdings konnte außer mir niemand Französisch, noch dazu wurden wir vom Kellner ignoriert, und irgendwann schnauzte Bashkim ihn vor versammelter Mannschaft an. Es kam zu einer kurzen Auseinandersetzung, bei der Bashkim wütend aufstand und sich dabei das Knie an einem Tisch stieß. Sofort reagierte die Bedienung besorgt und fragte Bashkim ganz ohne Ironie, ob alles in Ordnung sei, und das machte die beiden wieder zu Freunden. Das war nach der Guillotine das zweite Mal, dass ich Tatendrang verspürte.

Wir riefen Bill und Marcel an und trafen uns alle wieder am kleinen Park hinterm Petit Palais, wo der Fahrer des Schwerlasttransporters in seiner Fahrerkabine saß. Er hatte das Fenster heruntergelassen und rauchte. Als er uns anlaufen sah, schimpfte er schon in seinem Führerhaus vor sich hin, und wir lachten, weil wir ein bisschen angetrunken waren. »Der soll sich mal beruhigen in seiner Wichskabine«, sagte Bashkim, und Bill und Marcel schlugen sich gegenseitig auf die gewölbten Bäuche.

»Was ist hier eigentlich los?! So eine Kacke«, rief der Fahrer und stieg aus seinem Truck. Er zeterte und erklärte uns, dass er eigentlich heute noch zurück nach Deutschland müsse und ob uns das völlig egal sei. Natürlich war es uns egal. Es interessierte uns doch nicht, dass dieser Typ heute angeblich noch nach Deutschland zurückmusste. Konnte er wahrscheinlich eh vergessen, der Mobilkran der Franzosen war nämlich weit und breit nicht zu sehen, und den brauchten wir auf jeden Fall, um die Hand vom Laster zu bekommen.

Im Lkw lief Trance, und Bill und Marcel fingen an zu wippen.

»Ist ja gut, beruhigen Sie sich mal«, sagte Bashkim, aber der Fahrer lief weiter schlingernd um seinen Transporter herum und entspannte Seile. Wir halfen ihm dabei, und Bill und Marcel machten ein paar schlechte Witze, die die Französinnen vorhin auf der Brücke beinhalteten, und schon war er besänftigt.

Wenig später standen wir wieder alle um den Kalksteinsockel und rauchten: fünf Deutsche in Paris mit Zigaretten und leuchtenden Android-Handys.

Bashkim erreichte niemanden bei Perugino und auch niemanden vom französischen Team. Erst nach einer Stunde hatte er jemanden an der Strippe, der uns an das Kran- und Gerüstbauunternehmen verwies. Nach ewigem Hin und Her hieß es dort, dass der Mobilkran erst für morgen Vormittag bestellt war und wir die Hand also nicht abladen konnten. Der Lkw-Fahrer griff sich an den Kopf und zog sich fluchend in seine Kabine zurück.

Wir standen noch eine Weile unschlüssig herum und rauchten weiter. Dann gingen wir planlos über die Seine und durch die Stadt, bis wir an den Rand eines

Parks kamen, der ziemlich beliebt zu sein schien. An einem Schloss stellten wir uns ins Abendlicht und besprachen den Ablauf der nächsten Tage. Dann begannen Bill und Marcel über den neuen Mercedes EQC und seinen Black-Panel-Kühlergrill zu reden. Bashkim und ich schauten uns an. Ich nickte in Richtung Parkausgang, und Bashkim erklärte den beiden, dass wir noch was vorhätten. Wir ließen sie an Ort und Stelle stehen und hauten ab.

Auf dem Weg nach draußen kamen wir an einem rechteckigen Becken vorbei, in dem sich eine Platane spiegelte und kurz darauf verschwand. Eine Zyklopenfigur stützte sich am Rand des Brunnens auf einem Felsen kniend ab und schaute auf zwei darunter liegende nackte Körper. Ich wollte wissen, was es mit der Figur auf sich hatte und gab *Zyklop* und *Paris* in mein Handy ein, aber ich fand nicht diesen, sondern einen anderen Zyklopen in den Wäldern von Milly-la-Forêt, eine Plastik, doppelt so hoch wie unser Blumenstrauß und zehnmal so schwer.

»Das ist geil!«, rief Bashkim, als ich ihm das Ding zeigte.

»Da kannst du reingehen und drinnen Sachen erleben!«, sagte ich. »Und da ist ein kleines Theater drin.«

»Geil«, sagte Bashkim.

Wir leckten uns die Lippen. Sie schmeckten bitter vom Tabak und süß von den Energydrinks. Der Park leerte sich, wir gingen mit den letzten Passanten raus in die offene Stadt. Schon wieder leuchteten die Lichter in den Restaurants, so wie sie am 13. November geleuchtet hatten.

Wir überquerten hektisch große Boulevards bei Rot. Und wenn wir uns unter den anderen durch die Stadt eilenden Menschen umschauten und den Leuten auf der Straße direkt ins Gesicht sahen, dann durften wir nicht gerade davon ausgehen, dass sie die Ankunft von Jeff Koons' Blumenstrauß schon herbeisehnten. Ihnen war das alles gleichgültig. Sie hatten schon einen 10 000 Tonnen schweren Turm und einen 350 Tonnen schweren Zyklopen. Wozu brauchten sie noch einen 66 Tonnen schweren Blumenstrauß?

9

Ich hatte eigentlich mit einem Vierachser, mindestens aber mit einem Dreiachser gerechnet, deshalb wunderte ich mich über den kleinen Zweiachser, der die Hand am nächsten Vormittag vom Lkw hob. Sobald die Hand am Haken hing, verabschiedete der Lkw-Fahrer sich hupend und verließ Paris in Richtung Deutschland.

Die weiße Faust hob immer weiter in den Pariser Himmel ab, der blau war und noch kühl schimmerte. Durch die leicht geöffnete Faust, in die wir die elf bunten Stiele der Tulpen stecken würden, fiel Licht. Ich merkte nicht, wie ich im Weg stand und die Faust direkt über meinem Kopf schwebte. Bashkim pfiff, ich wachte auf und trat zur Seite.

Die Hand pendelte so stark am Teleskopausleger des Mobilkrans, dass sie den Mauern des Petit Palais bedrohlich nahe kam. Wir hatten vor dem Abladen Seile um das Handgelenk gebunden, um sie ein bisschen lenken zu können, falls sie zu schwanken anfangen würde, aber das klappte nicht wie erwünscht. Der Kran steuerte die Hand langsam vom Petit Palais weg in Richtung Bauzaun, was sie jedoch nur noch mehr in Bewegung brachte.

Marcel wurde, während er versuchte, die Faust mit dem Seil in die richtige Position zu bringen, vom immer stärkeren Aufschaukeln überrascht und erst anderthalb

Meter in die Luft gezogen und dann mehrere Meter über den Rasen geschleift. Während wir uns kaputtlachten, rannten ihm die Franzosen vom Lastenkran sofort zu Hilfe, und das änderte meine Meinung über sie auf einen Schlag. Sie waren zwar, das musste ich sagen, schon ein bisschen distanziert, aber das konnte schließlich auch daran liegen, dass sie keinen Bock hatten auf einen – wie Bashkim zu sagen pflegte – elf Meter hohen Tulpenstrauß aus dem Magic Kingdom, der ihnen mit seiner kitschigen Aufdringlichkeit das schönste Paris verschandelte.

Die Franzosen waren mit ihrer Kunst und in ihrer Freizeit viel ernster als die Amerikaner, und auch der Terroranschlag von vor vier Jahren hier in Paris fühlte sich für mich viel realer und düsterer an als der vom 11. September in New York. Und wenn ich mich in dieser Stadt umsah, dann kam es mir vor, als seien all die Gebäude und Skulpturen und die Häuserschluchten auch viel tragischer als die Häuserschluchten und die Skulpturen der Amerikaner. Warum machte also ausgerechnet ein Amerikaner den Franzosen zu einem der tragischsten Ereignisse ihrer Geschichte so ein banales Geschenk? Es war zwar erst der dritte Tag, aber je länger ich über diese Hand nachdachte, desto wütender wurde ich.

Ein bisschen taten mir die Pariser auch leid, niemand hatte sie gefragt, ob sie den elf Meter hohen Comic-Tulpenstrauß eines amerikanischen Werkstattkünstlers mitten in ihrer Stadt stehen haben wollten, der dann ausgerechnet auch noch von ein paar Deutschen in einer Metallverarbeitungsfirma zusammengeschweißt, lackiert, poliert und vor Ort aufgebaut worden war.

Aber wie gesagt, wir kamen kaum ins Gespräch mit dem französischen Team und wussten deshalb gar nicht genau, was sie von dem allen hier *wirklich* hielten. Wir dachten uns bloß unseren Teil.

»Ihr habt die ja in Hessen brauner lackiert, als ich dachte«, sagte Bill/Marcel, als die Hand am Haken baumelte. Bashkim und ich ignorierten ihn.

Am ersten Abend blieb die Hand am Haken hängen. Wir hatten uns das alles ein bisschen einfacher vorgestellt. Das Problem war nämlich, dass die französische Steinmetzfirma zwar eine Öffnung ins Muschelkalkfundament geschnitten hatte, aber das Handgelenk zu breit war. Also mussten wir die Öffnung im Muschelkalk erst anpassen und mit dem Werkzeug, das uns irgendwann geliefert wurde, weiter ausschleifen. Der Staub, den wir dabei produzierten, flog durch ganz Paris, rüber zur Place de la Concorde und über die Seine. Die Fenster des Petit Palais wurden milchig, und abends in der Bar klopften wir uns selbst nach dem Duschen noch Brösel aus den Haaren.

Am fünften Tag reiste extra ein weiterer Mitarbeiter aus Deutschland an, der zehn Tage lang nur am Rand stand, rauchte und aufpasste, dass wir keine Scheiße bauten. Er war der Schlimmste. Schlimmer als Bill und Marcel. »Falls ihr was braucht, sagt Bescheid. Dafür bin ich da«, sagte er und stand rum und tat gar nichts. Was sollte das denn für ein Job sein?

Als wir Hand und Fundament endlich aneinander angeglichen hatten, bekamen wir ein ganz anderes

Problem. Dort, wo der Kalkstein an den Rändern am dünnsten war, zerbrach er immer wieder, wenn wir versuchten, die Hand vorsichtig mit dem Podest zu verbinden. Wir verballerten zig Steine, immer wieder musste die Steinmetzfirma – die schon vorgesorgt hatte – mit einem neuen Fundament anrücken. Wir kannten uns halt nicht aus, schließlich lebten wir im Aluminiumzeitalter und nicht in der Steinzeit.

Wir riefen Perugino an, die sagte, die Franzosen hätten keine Ahnung von Muschelkalk. Sie wollte uns einen Spezialisten aus einem Dorf zwischen den mittelgroßen Städten schicken. Wir warteten das Wochenende über in der Hotelbar, aber niemand tauchte auf.

Also machten wir alles selbst. Wir legten Schablonen auf den Muschelkalk, ritzten die Form des Handgelenks hinein und bohrten den Stein aus. Immer wieder hüllte sich die Umgebung in Kalkschwaden. Aber ein ums andere Mal zersprang der Stein beim Anpassen, weil wir es nicht ganz eben hinbekamen. Wir waren so verzweifelt wie während eines Mathetests, bei dem man merkte, dass man nicht mal die erste Aufgabe schaffte, und dann immer zur nächsten Aufgabe sprang, während die Zeit raste.

Erst nach zwei Wochen waren wir so weit, dass alles passte, der Stein nicht brach und die Hand mit Fundament und Sockel verbunden und richtig befestigt war. Perugino kam sofort aus Deutschland vorbei, um sich alles anzuschauen. Sie war zufrieden und ließ sich einen zersprungenen, zweihundert Kilo schweren Muschelkalkbrocken in ihr Auto legen, wahrscheinlich als Deko für ihren Garten. Perugino wohnte in der Nähe der Roosbeks. Da konnten sich Muschelkalk und *Miss Paris* über die hohen Gartenzäune gute Nacht sagen. Im Prinzip hatten wir jetzt alle, mehr oder weniger offiziell, Brocken und Fälschungen von Koons in unseren Gärten liegen.

Endlich reckte sich die Faust in den Pariser Himmel. Doch damit begann erst die Hauptarbeit. Ein Lkw karrte nach und nach die Stiele und die Tulpenblüten an, die noch im Spätsommer unter der Leitung von Bashkim zusammengesetzt worden waren. Sie waren mit Polsterfolie umwickelt, über die man abwechselnd schwarze und weiße Plastiksäcke gestülpt hatte, um sie zu markieren. Sie sahen aus wie Geistertulpen.

Die neugierigen Pariserinnen und Touristen, die um den Palast herumschlichen und von weitem Fotos machten, würden zwar bald eine Hand sehen, die Blumen in die Luft streckte, aber zunächst würde alles so aussehen, als hätte man es in Wachs gegossen. Das Schimmern der unverdeckten Blüten blieb geheim.

Während der Lastenkran die Blumen anhob, saßen Bashkim, Bill, Marcel und ich in den Körben von zwei Arbeitsbühnen und navigierten diese zur Hand, wo wir die Stiele festmontierten. Im Vergleich zum Chaos mit dem Sockel war das aber die reinste Fleißarbeit.

Trotzdem lungerten wir nach getaner Arbeit meist im Hotel rum, weil wir zu fertig waren, um uns Paris anzuschauen. Manchmal rauchten wir ein bisschen Gras am Fenster, um zu vergessen, wie wir hier von Matheaufgabe zu Matheaufgabe gehetzt wurden. Danach schauten wir Chips essend BBC oder die Rugby-WM.

Natürlich hingen wir auch weiterhin ziemlich oft in der Hotelbar ab. Nach Feierabend gingen wir immer zuerst duschen, dann bestellten wir Steak-Sandwiches und Fritten und tranken ein Bier nach dem anderen. In der ersten Woche waren wir morgens meist völlig kaputt gewesen, weil wir uns an das Gemisch aus Fett, Kalk, Schweiß, Bier, Fleisch und Energydrinks noch nicht gewöhnt hatten. Ab der zweiten Woche ging es dann aber, und kurz vor Schluss würde eh alles egal sein.

Manchmal fragte ich mich auf der Arbeitsbühne, warum ich für das alles bei Hieronymus Bosch gekündigt hatte. Um ein paar Euro mehr in der Tasche zu haben, wenn es im Oktober losging? Die ersten beiden Wochen waren schon anstrengend gewesen, Bashkim und ich wollten alle zwei Stunden aufgeben. Wir hatten uns dann aber immer gegenseitig beruhigt, bis der jeweils andere wieder in der Lage war mitzuhelfen.

Inzwischen kam auch die Gendarmerie nicht mehr, die einmal anrückte, als wir so viel Staub produzierten. Das Abheben der Hand vom Schwerlasttransporter war vergessen, auch das Straucheln und wie Marcel am Seil durch den Dreck gezogen worden war. Zum Glück blieben das, neben dem Ärger mit dem Fundament, die einzigen Probleme: keine Unfälle, Gott sei Dank.

Ende September war es noch immer warm in Paris. Wir standen inzwischen seit knapp zwei Wochen auf den Hubbühnen herum und kämpften uns mit der Konstruktion der Edelstahlstiele und den Aluminiumblüten ab. Da sich die Hand ein bisschen nach vorne bog, so als würde sie der Stadt Paris und dem ganzen trauernden

Land wirklich einen Tulpenstrauß entgegenstrecken, war das alles nicht ganz einfach und eine ziemliches Gefriemel.

Manchmal fuhren wir mit den Bühnen Rennen oder bekriegten uns auf zehn Meter Höhe mit leer getrunkenen Energydrinkdosen und Besen. Das Gelächter war groß, aber von Perugino hätte es arbeitstechnisch sicherlich ziemlich Stress gegeben. Allerdings war die ja schon mit ihrem zweihundert Kilogramm schweren Muschelkalkstein abgehauen und hatte nun wahrscheinlich mit neuen Bestellungen von Gepäckscannern oder Raucherkabinen zu tun.

In der letzten Woche hielt die Hand bereits zehn von elf Tulpen, und ich saß mit Bashkim auf der Hubbühne, ließ die Beine baumeln und rauchte. Bashkim nahm seine brennende Kippe und schmorte ein kleines Loch in die Plane einer Tulpe, dann pulte er das Segeltuch mit den Fingern auf, und darunter schimmerte das lackierte Aluminium wie bei einem Heliumballon am Krankenbett, der *Gute Besserung* wünschte.

Ich nahm meine Kippe, brannte ein zweites Loch in die Plane und riss sie mit der Hand auf. In der polierten Tulpenblüte spiegelten sich meine Nase und ein Stück vom Eiffelturm.

»Muss auch eine Drecksarbeit gewesen sein«, sagte ich.

»Was denn?«, fragte Bashkim.

»Den Eiffelturm aufzustellen.«

»Na sicher«, sagte Bashkim. »Der ist aus Schmiedeeisen, das kannste nicht schweißen. Deshalb die ganzen Nieten.«

»Hast du eigentlich das Bild bekommen vom tanzenden Eiffelturm im Garten der Roosbeks?«, fragte ich.

Bashkim kniff die Augen zusammen und zog an der Kippe. »Ja, absolute Scheiße, das Ding«, sagte er.

»Ich glaub, der war spiegelpoliert. Auch 'ne Scheißarbeit.«

»Alles besser als ziselieren«, sagte Bashkim.

»Ja, nie wieder ziselieren«, sagte ich.

Wir erinnerten uns daran, wie wir Koons' Skulptur *Corks* während unserer Ausbildung mit Nadelentrostern ziseliert hatten. Eigentlich machte man mit den Dingern Rostflecken weg, aber das war uns scheißegal gewesen, durch die Druckluft hatten wir uns stundenlange Arbeit mit Hammer und Meißel, also richtiges Ziselieren, erspart. Das war auch der Tag gewesen, an dem Bashkim Koons' Ohropax bei eBay versteigern wollte und uns die Idee kam, ein Werk von Koons zu fälschen.

Wir lehnten uns mit dem Rücken an die Tulpen.

»Warum wurden die Tulpen eigentlich nicht voll auf Hochglanz poliert?«, fragte ich.

»Weiß nicht«, sagte Bashkim. »Wollte Koons nicht.«

»Vielleicht aus Pietätsgründen?«, fragte ich. »Obwohl, eigentlich ist das ganze Teil schon nicht besonders pietätvoll, oder?«

Schweigend rauchten wir zu Ende und ließen die Kippen ins Kippenmassengrab segeln.

»Kommt Kira eigentlich jetzt?«, fragte Bashkim.

»Sie hat sich angekündigt«, sagte ich. »Aber sie hat nur kurz Zeit, sie kommt zwischen zwei Schichten.«

Bashkim nickte.

Obwohl ich es mir romantisch vorgestellt und öfter

vorgenommen hatte, schaffte ich am Schreibtisch des Hotelzimmers nur einen kleinen Liebesbrief an Kira, den ich an der Rezeption abgab. Ein paar Tage später beantwortete sie ihn mit einem Herzchen und einem »Danke« in einer Handynachricht. Mehr nicht, aber das reichte mir schon. Ich hatte keine Ahnung, ob es mich in ihrem tulpenförmigen Goth-Herzen überhaupt richtig gab.

In der letzten Woche vor Einweihung kamen wir so gut voran, dass wir nachmittags Zeit hatten, uns Paris anzuschauen. Aber während es in der Stadt morgens stets gut roch, nach Kaffee und diesem ganzen Blätterteig, hatte sich der Duft nach Feierabend schon wieder verwandelt, und Paris roch wie jede Großstadt: an der ersten Ecke nach altem Rauch, an der zweiten nach Hundepisse und an der dritten nach feuchten Zementsäcken. Meist waren wir nach der Arbeit auch so kaputt, dass unsere Freizeit von Müdigkeit und Handyspielen aufgefressen wurde. Wenn wir aber doch mal durch Paris liefen, staunten wir am meisten über die Zinkdächer und die hohen Steinfassaden der Häuser, die sich an den Seine-Ufern wiederholten. Bashkim redete beim Blick auf die Pariser Dächer immer von Austern und deren Zinkgehalt, ewig laberte er mich mit seinen Austern voll.

Als die elfte Tulpe in der Luft schwebte und kurze Zeit später von der Hand gehalten wurde, schlugen Bashkim und ich sogar Bill und Marcel auf die Schultern. Wir saßen zur Mittagszeit zu viert auf den Hubbühnen, tranken irgendetwas Süßes aus Dosen, stießen damit an und aßen unser Mittagessen, das wir uns wie jeden Morgen aus den Resten des Frühstücksbüfetts im Hotel zusammengeschmiert hatten. Das Werk war mehr oder weniger vollbracht. Wir mussten noch den dicken Stoff entfernen und das gesamte Ding auf Schäden kontrollieren, was wir zusammen mit Koons' Mitarbeitern Greg und Gerry tun würden. Abends feierten wir mit Austern, weil Bashkim sich das gewünscht hatte. Bill, Marcel und ich schauten ihm mit gerümpften Nasen beim Schlürfen zu.

Am nächsten Tag war Bashkim krank. Ich selbst hatte natürlich keine Austern gegessen und musste mit Bill und Marcel alleine auf den Hubbühnen stehen, das dicke Tuch von den Tulpen entfernen und alle paar Stunden nach Bashkim schauen. Er lag bleich und bewegungslos im Hotelzimmer, als sei er selbst ein Denkmal, das er sich zu seinem Tod aus gebläutem Stahl zurechtgeschweißt hatte. Er rührte sich nicht, sondern schaute nur hoch zum Fernseher, nicht nach links, nicht nach rechts.

»Hast du ein Thermometer bekommen?«, fragte er mich.

»Du hast eine Fischvergiftung«, sagte ich.

»Ja, und ich hab auch Fieber. Und Austern sind keine Fische.«

Ich antwortete nicht.

»Also, hast du eins?«, fragte er.

»Nein, aber ich habe unten in der Rezeption gerade nach einem geschickt.«

»Das ist nicht dasselbe.«

»Stimmt. Ist es nicht.«

»Hast du wenigstens Bananen und Cola und Salz-
stangen besorgt?«

»Klar«, sagte ich und schmiss ihm eine weiße Plas-
tiktüte aufs Bett.

»Ich will in Paris nicht ins Krankenhaus müssen, ich
glaube, es ist fies in den Pariser Krankenhäusern, und
die Ärzte sind verrückt«, sagte Bashkim, der es am
zweiten Tag seiner Fischvergiftung mit der Angst zu
tun bekam. Er hatte wirklich Fieber. Und im Delirium
sagte er Dinge wie: »Wir ignorieren, wem die Arbeit,
die wir ausführen, dient.«

Ich machte ihm Wadenwickel, und schon am über-
nächsten Tag war er wieder auf den Beinen. Ich überzeugte ihn sofort davon, dass er stark genug sei, um mit
mir zurück auf die Tulpen zu klettern, sie mit kleinen
Läppchen zu polieren und die Miniguillotine anzubrin-
gen.

Greg und Gerry reisten einen Tag später an und er-
stellten für ihren Chef einen Condition Report über den
Zustand der Statue. Es schien alles zu passen. Bashkim
hatte im Sommer irgendeine Werft an der Ostseeküs-
te angehauen, die Segel für Segelboote herstellte, und
bei ihnen dünnes Segeltuch bestellt, mit dem wir, zusammen mit Greg und Gerry, die Skulptur verhüllten.
Anschließend setzten wir uns zu zweit auf eine Parkbank in der Nähe und betrachteten das Geschenk. In
vier Tagen war die Einweihung.

10

Am nächsten Morgen holte ich Kira vom Bahnhof ab. Auf dem Weg dorthin kaufte ich einen Tulpenstrauß mit zwölf Tulpen und ließ eine davon in der U-Bahn liegen.

Sie war geladen, als ich kam. Sie erzählte mir von einem kleinen Typ mit weißen Turnschuhen, der neben ihr im Zug gesessen und sie vollgelabert hatte. Trotzdem schien Kira sich wirklich zu freuen, mich zu sehen. Es war immer noch warm in Paris. Ich nahm Kiras Hand, und wir fuhren zur verpackten Tulpenfaust. Ich zog sie mit hinter den Bauzaun und unter das Segeltuch und zeigte ihr alles. Sie lachte und schlang ihren Arm um mich. »Die Hand hat ja sogar einen Leberfleck«, sagte Kira.

Die Franzosen schauten zu uns rüber und winkten freundlich. Sie machten sich daran, den Bauzaun abzubauen.

Ich hatte ein zweites Zimmer im Stockwerk über Bashkim und mir gebucht. Bashkim freute sich, unser Montagezimmer ein paar Tage für sich allein zu haben, obwohl uns in den letzten Wochen nichts peinlich gewesen war: Wir waren nackt voreinander rumgelaufen, wir hatten uns alte Unterhosen und Socken ins Gesicht geschmissen wie Fünfzehnjährige, und wir hatten uns lange im Bad aufhalten können, ohne uns danach dumme Sprüche anhören zu müssen.

Eigentlich hatte ich befürchtet, Bashkim könnte sich, sobald Kira da war, als fünftes Rad am Wagen fühlen, aber es kam ganz anders: Kira und Bashkim machten *mich* zu ihrem Anhängsel, weil sie hauptsächlich mich und meine Eigenarten als gemeinsames Thema fanden. Sie lachten über mich, sie machten Scherze, von denen sie wussten, dass sie mich ärgern würden. Aber das war nicht schlimm. Wenn ich hinter oder vor ihnen durch Paris lief und sie sich über die Schädlichkeit von bleihaltigen Werkstoffen austauschten, dann war ich so glücklich wie zuletzt im Sommer im Licht der Tankstelle.

Wir hatten uns nach Kiras Ankunft alle zu einem Mittagsschläfchen hingelegt und saßen hinterher ein bisschen zerknautscht in der Hotellobby rum und überlegten, was wir machen könnten. Die Franzosen kümmerten sich allein darum, dass Hubwagen, Zäune und Baucontainer aus dem kleinen Park hinterm Petit Palais verschwanden, und wir hatten bis zur Einweihung frei.

Kira wollte unbedingt in den Louvre, Bashkim und ich nicht so. Hätten wir uns ein wenig schneller geeinigt, wären wir nicht auf Bill und Marcel gestoßen, die von ihren Hotelzimmern auf dem Weg in die Hotelbar waren und uns dort unten mit Kira sitzen sahen. Sie quietschten mit ihren zu großen Turnschuhen zu uns ran und fragten, wie lange wir noch bleiben würden.

»Wir fahren erst am Samstag«, sagte ich.

»Bleibt ihr bis zur Party?«

»Ja«, sagte Bashkim und bedachte die beiden mit keinem Blick.

»Nu, da wird aber was los sein«, sagte Bill/Marcel. »Wir hauen schon morgen ab.«

Wir schwiegen und starrten auf unsere Handys.

»Und was geht heute noch?«, fragten sie, und Bashkim sagte, ohne aufzuschauen, dass wir quasi auf dem Weg in den Louvre waren.

»Heißt es nicht Louvré?«, fragte Bill/Marcel und haute Marcel/Bill auf den Bauch.

Ich senkte den Blick und sagte: »Heißt es nicht.«

Trotzdem wollten sie unbedingt mit dabei sein. Wir machten einen Treffpunkt aus und taten dann so, als würden wir noch einmal auf unsere Zimmer verschwinden, schlichen uns aber gleich wieder nach unten und rannten ohne die beiden über die Seine in den Louvre.

Auf dem Weg dorthin trank ich einen von Bashkims Energydrinks, weil ich noch nicht ganz aus dem Mittagsschlaf herausgefunden hatte. Er wirkte sofort, ließ aber auch ziemlich schnell nach, und vor dem Eingang zum Louvre begann ich ein bisschen zu taumeln. Ich war der Einzige von uns, der sich ein Gerät lieh, mit dem man sich die Ausführungen zu den Kunstwerken anhören konnte. Kira und Bashkim alberten durch die Gänge, und ich hatte sie schnell verloren, weil ich mir jedes einzelne Bild anschauen wollte.

Vor der *Venus von Milo* traf ich sie wieder. »Ob die auch jemand in Auftrag gegeben hat?«, fragte Bashkim und blickte hoch zur Skulptur, die gleichzeitig auf uns herunterschaute und zu sagen schien: »Seht ihr nicht, dass ich keine Arme habe und euch nicht helfen kann?«

Ich hielt mir das Gerät ans Ohr. »Die wissen nicht mal, wer die gemacht hat«, sagte ich. »Aber die Griechen fordern sie seit Jahren zurück.«

»Irgendwann fordere ich auch alles zurück«, sagte Bashkim.

Da merkte ich, dass irgendwas mit diesem Energydrink nicht gestimmt haben konnte. »Bashkim«, sagte ich, »kann es sein, dass diese Energydrinks irgendwie *extrem* sind?«

»Die schmecken halt so. Sind in Ordnung.«

»Ich fühl mich nicht wohl«, sagte ich.

»Setz dich mal wo hin«, sagte Kira, und wir liefen solange durch den Marmor, bis wir an einer Sitzbank vorbeikamen. Ich spürte die Blicke der Touristen. War ich so bleich?

»Geht schon wieder«, sagte ich, und wir gingen hoch zu den Gemälden. Wir rutschten durch die breiten Gänge übers Parkett, Bashkim und ich hatten uns die Kapuzen unserer Kapuzenpullover übergezogen.

»Hieronymus Bosch!«, rief ich und ging auf ein Gemälde zu. *Das Narrenschiff.* Ich hielt das Gerät an mein Ohr, hörte mir alles über das Bild an und erklärte den anderen, was mir die Sprecherin über Hieronymus Bosch erklärt hatte.

»Der richtige Hieronymus Bosch«, sagte ich, »hatte auch eine Werkstatt.«

»Jup«, sagte Bashkim. »Alle alten Meister hatten eine. Und ließen ihre Werke von den Lehrlingen pinseln. Das ist doch heute noch so, schau uns an.«

»Wusstest ihr, dass etwas ab einer Produktionszahl

von sieben nicht mehr als Kunstwerk gilt?«, fragte Kira.

»Echt? Wusst ich nicht«, sagte Bashkim nachdenklich und rieb sich das Kinn. »Koons macht immer nur vier, jedenfalls offiziell. Aber heimlich lässt er sich von uns eine fünfte Kopie bauen, die er sich dann in irgendeine Halle in New York stellt.«

»Das hier gibt es jedenfalls nur einmal«, sagte ich und ging noch näher an *Das Narrenschiff* heran.

Ich betrachtete die Figuren auf dem Kahn, den Sänger mit der Mandoline, den Teller mit den Kirschen; auf dem Boot wurde ein Gelage gefeiert, jemand kotzte ins Wasser. Und vor dem Boot schwammen die verlorenen Seelen und baten um Almosen. Zwischen den Säufern wuchs ein Baum in die Höhe, und in der Krone des Baums hing ein Gesicht, das mich an die Hexe erinnerte, die in der Sommernacht von den Handwerkern im Festzelt verbrannt worden war. Überhaupt sah es auf dem Schiff so aus wie auf dem Handwerkerfrühschoppen. Ich zeigte Kira das Gesicht im Baum, und sie behauptete, das sei kein menschliches Gesicht, sondern eine Eule.

Die Eule paralysierte mich. Vielleicht war das Bild ja gar nicht von Bosch, sondern von einem seiner Lehrlinge, vielleicht war es auch aus einer anderen Zeit.

Ich dachte an meine letzten Monate bei Perugino und an die Fälschung des Kunstwerks von Koons und wie mich Perugino am Ende rausgeschmissen hatte. Bei der Erinnerung packte mich wieder der Schwindel. Ich begriff, dass ich niemals bei Hieronymus Bosch hätte aufhören sollen, es war ein Fehler gewesen, ich hätte mich niemals von meiner Familie unter Druck setzen lassen dürfen wegen irgendeines Studiums oder so.

Ich hatte schwarze Punkte vor den Augen. Ich hielt mich an Kira fest und ließ mich von ihr zur nächsten Sitzbank führen. »Was ist das?«, fragte ich. Ich konnte nicht mehr hören, was Kira und Bashkim sagten. Ich fühlte meinen Puls, ich konzentrierte mich nur noch auf diesen Rhythmus, und ich hoffte, dass ich nicht in Schweiß ausbrechen würde. Wenn ich in Schweiß ausbrach, dann war irgendetwas wirklich nicht in Ordnung.

Ich dachte an Bashkims Sätze neulich mit den Krankenhäusern in Paris und dass die Ärzte in den Pariser Krankenhäusern verrückt waren. »Du brauchst mehr Zink«, sagte Bashkim und listete dann auf, wie viel Kalium, Phosphor, Natrium, Kalzium, Magnesium, Eisen, Kupfer und vor allem Zink in Austern enthalten seien.

Ich fühlte mich von den Touristen beobachtet. »Die beobachten uns«, sagte ich.

»Niemand beobachtet dich hier, glaub mir«, sagte Kira.

Als ich wieder aufstehen konnte und noch einmal zum *Narrenschiff* ging, wusste ich nicht, ob ich allein ging oder zwischen Kira und Bashkim. Mein Blick suchte noch einmal das Gesicht im Baum. Da war es. Die Eule, gemalt von einem Lehrling.

Wieder wurde mir schwindelig, und diesmal ging ich wirklich in die Knie. Kira und Bashkim brachten mich aus dem Museum. Ich glaubte, dass die beiden über mich sprachen. Vielleicht sagte Bashkim etwas wie:

»Ich werde nie begreifen, warum er dort gearbeitet hat.«
Und Kira: »Praktische Jahre sind wichtig.«

So richtig erinnern konnte ich mich erst wieder an die Taxifahrt. Ich fragte, wo wir hinfuhren, und betete, dass sie mich nicht in ein Pariser Krankenhaus brachten. »Wir gehen Austern essen, Fansi«, sagte Bashkim. »Da kommst du wieder zu Kräften.«

Gott sei Dank.

»Sie wollten einen Krankenwagen holen«, sagte Kira, »aber ich hab gesagt, dass du bloß überarbeitet bist, und ihnen vom Koons-Strauß erzählt, und da haben sie uns rausgeschmissen.«

»Das geht auch in die Geschichte ein, Fansi. Wie du im Louvre vor Hieronymus Bosch umkippst.«

»Genau«, sagte Kira. »Und nicht vor der *Venus von Milo.*«

Es war irgendein Austernrestaurant in Montparnasse. Bashkim war anscheinend wieder bereit für eine neue Muschelerfahrung. Wir bestellten eine Flasche Bordeaux, und ich aß etwas, das mariniert war und wie Lamm schmeckte. Nach zwei Gläsern war ich wieder der Alte.

»Die brennende Notre-Dame«, sagte Bashkim, während ihm das Muschelfleisch die Kehle herunterlief. »Das hätte mir mal einfallen müssen. Das ist doch mal wirklich eine *große Geste*, wie Koons sagen würde.«

Draußen wurde es jetzt schnell dunkel. Wir konnten uns in der Fensterscheibe des Restaurants beobachten. Wir sprachen über Geld, und irgendwann sagte ich etwas, das ich wohl nicht zum ersten Mal sagte und das bei Kira Unruhe auslöste. Ich sagte: »Irgendwie fühle ich mich, als würde ich nicht vorwärtskommen. Die Stadt hier gibt mir auf 'ne Art das Gefühl, gar nicht in Paris zu sein, vielleicht auch gar nicht auf der Welt zu sein.«

Wir klackerten ein wenig mit dem Besteck und sprachen erst beim Schnaps wieder.

Später beobachtete ich, dass sowohl Kira als auch Bashkim die Knöpfe ihrer Jeans geöffnet hatten.

Zurück im Hotel fiel ich in einen traumlosen und ruhigen Schlaf und wachte erst am frühen Vormittag des nächsten Tages wieder auf. Ich drehte mich zur Seite, schaute Kira an und war verliebt.

Wir machten ein bisschen miteinander rum, es war nicht sonderlich befriedigend, weder für sie noch für mich. Es war so wenig und mechanisch, wir hätten es auch sein lassen können. Aber danach fiel ich in eine Art Trance, einen Halbschlaf. Ich träumte davon, wie ich Kiras Haut polierte, ich träumte von Gliedern – *meinem* Glied, ich konnte es abschrauben und Kira anschrauben. Aber auch an ihr war es immer noch Teil von mir, und wenn ich es berührte, berührte ich mich. Ich konnte mich auseinanderschrauben und Kira auseinanderschrauben und unsere unterschiedlichen Körperteile mit den Gewinden aus dem Traum auf beliebige Art zusammensetzen. Wir wurden dadurch unzertrennlich. Kira mit meinem linken Zeigefinger, ich mit ihrem. Ich mit Kiras rechtem Ohr, sie mit meinem.

Der ganze Nachmittag verflog im Halbschlaf. Ich

hatte Tagträume von Sechskantmuttern und Rohr-
gewinden und Flanschverbindungen und Stahlbändern.

Am frühen Abend bekam Kira einen Anruf. Nach
dem Auflegen fluchte sie und ging wütend durchs Zimmer. Man hatte ihr eine Zusatzschicht an der Unfallklinik verpasst, weil irgendjemand krank geworden war.

Ich fluchte mit ihr. Wir wollten nicht rausgehen. Wir
waren neidisch auf Paris, weil sich hier, im Gegensatz
zu unserer mittelgroßen Stadt, Schönheit halten konnte.

Aber irgendwann bekamen wir Hunger, und gegen
acht Uhr klopften wir unten bei Bashkim, der sein
Zimmer ebenfalls den ganzen Tag nicht verlassen hatte.
Uns allen war immer noch schlecht und schwindelig
von der Nacht zuvor. Wir gingen zusammen hinaus,
holten uns etwas zu essen und kamen dabei auch am
Tulpenstrauß vorbei. Sie luden gerade die letzten Teile
vom Bauzaun mit Gabelstaplern auf einen Laster, und
ein paar Security-Typen schlenderten durch die Gegend.

Kira hatte inzwischen ihre Meinung über den Tulpenstrauß geändert. Am Anfang fand sie noch süß, dass
wir ihn aufgestellt hatten, aber jetzt sagte sie Dinge
wie: »Der Mensch gehört abgeschafft.« Bashkim und
ich schämten uns. Es ging ein Wind durch den kleinen
Park, ein mittelgroßer Ast fiel zu Boden, und Kiras Haar
verfing sich in ihren Augen.

Den späten Abend und die Nacht verbrachten wir wieder mit Fernsehen auf unseren Zimmern. Erst gemeinsam bei Bashkim, dann ich allein mit Kira.

Am nächsten Morgen, kurz vor ihrer Abreise, rauchte
Kira am Fenster, schaute auf ihr Handy und lachte dre-

ckig ins dunstige Paris hinaus, aber das Lachen blieb unerwidert.

Obwohl sie lachte und obwohl ich oft *mit* ihr lachte, wusste ich nicht, ob ich sie wirklich glücklich machte. Ich war oft neidisch, weil sie sich über Dinge freute, die nichts mit mir zu tun hatten.

Ich versuchte, mit ihr darüber zu sprechen. Ich redete so vor mich hin und redete auch von den nächsten Monaten und dem Studium. Irgendwas ging ihr während meines Monologs aber gegen den Strich. Ich hatte nicht aufgepasst. Oft genügte irgendwas Kleines, und der Zorn brach aus ihr heraus. Ich war noch nicht dahintergekommen, was sie mir durchgehen ließ und was nicht, wo wir auf einer Linie waren und wo sie mich vielleicht als Ballast sah. Wir kannten uns ja noch nicht lange.

»Wieso, was ist denn, Kira, was hab ich denn gesagt?«

Sie schwieg.

»Kira, was *ist* denn?!«

Sie stand ziemlich schnell auf und begann ihre Sachen zusammenzusuchen.

»Nein, warte, du hast mich vielleicht nicht verstanden, Kira. Warte mal!« Ich lief ihr durchs Zimmer hinterher, sie mied meinen Blick und sagte Dinge, die ich nicht verstand.

Warum kam es immer zu Spannungen, wenn jemand *abreisen* musste?

Sie verschwand im Bad, und ich setzte mich aufs Bett und ließ den Kopf sinken. Als sie aus dem Bad herauskam, hatte ich den Blick immer noch auf den Hotelteppichboden gerichtet und hoffte, dass sie sich durch diese Traurigkeit besänftigen lassen würde. Aber sie ging nur zur Zimmertür und kratzte sich kurz die Handflächen.

»Du solltest vielleicht mal aufpassen, was du sagst. Du machst dich damit nämlich uninteressant«, sagte sie und war weg.

Ich zog mich schnell an, lief zur Rezeption und fragte nach ihr, aber anscheinend hatte sie schon ein Taxi genommen und war weg.

Ich legte mich zurück ins Bett und lachte und schüttelte den Kopf. Dann machte ich den Fernseher an und versuchte zu schluchzen, was mir nicht wirklich gelang. Ich heulte zwar, aber das Heulen ging in ein Gähnen über und war schnell wieder vorbei.

Genau genommen hatte ich Kira gesagt, dass ich ihr nicht abkaufte, dass sie mich gerade wegen meines Jobs toll fand. Dass ihr ein Handwerker besser gefiel als ein Student. Ich glaubte ihr kein Wort. Aber das lag in erster Linie daran, dass ich mich in Paris selbst zu verabscheuen begann. Funktionale Kleidung, schlechte Ernährung. Paris war halt nichts für mich. Andererseits war ich jetzt auch nicht gerade der Typ, der sich in seiner Mittagspause nur Müllermilch kaufte. »Ich kann sehr wohl weltmännisch sein«, sagte ich zu mir selbst. »Ich würde überall mit ihr hingehen, wenn sie das möchte. Leute wie ich, die werden händeringend gesucht. Überall!«

Aber das war gar nicht der Punkt. So vieles machte Kira müde, und ich hatte ihr wenigstens für eine Zeit lang diese Müdigkeit nehmen können.

Ich wälzte mich im Bett herum. Bashkim rief per

Zimmertelefon an und fragte, was los sei. Er hatte unsere lauten Stimmen gehört. Ich erfand eine Ausrede, erklärte ihm, dass unser Streit dadurch entstanden sei, dass ich mich nicht an die Kira aus der Schulzeit erinnern konnte.

»Versuch dich zu erinnern«, sagte er, nachdem ich ihm alles erzählt hatte. »Wann hast du sie zum ersten Mal gesehen?«

Ich kniff die Augen zusammen. »Ich weiß es nicht, ich weiß es nicht.«

»Du wirst noch verrückt! Versuch dich zu erinnern! Du verscherzt es dir sonst noch total!«, rief Bashkim so laut, dass ich ihn sowohl über das Telefon als auch unten in seinem Zimmer hörte.

Ich legte auf.

Irgendwann zwang ich mich aus dem Bett und unter die Dusche. Bashkim und ich wollten schauen, wie es im Park hinterm Petit Palais aussah. Am frühen Vormittag stand ich mit ihm neben dem eingepackten Tulpenstrauß, und Bashkim blickte mich mitleidig an.

»Meinst du, sie hat einen anderen?«, fragte er.

»Woher soll ich das wissen?«

»Dachte nur so …«

»Glaub ich nicht.«

»Und sie ist wirklich einfach so abgehauen?«, fragte Bashkim.

Ich zuckte mit den Schultern und winkte ab.

»Ich finde sie eigentlich ganz witzig«, sagte er.

»Sie ist nicht witzig, Bashkim. Sie hat bloß über *deine* Witze gelacht.« Das stimmte nicht. Sie war witzig.

»Du hast einfach schlechte Laune«, sagte Bashkim. »Ich glaub, dass ihr das wieder hinbekommt.«

»Ich weiß nicht, glaube nicht. Hat ja noch nicht mal richtig angefangen.«

»Wirst schon sehen.«

Bashkim furzte, und wir lachten. »Und wenn nicht, dann sind wir jetzt eben beide allein«, sagte er.

Wir gingen einmal um den Strauß herum. Ein Hubwagen und ein Mitarbeiter der französischen Montagefirma waren noch da. Als wir die Hülle kontrollierten, fing es an zu stürmen, und wir waren uns nicht sicher, ob sie bis übermorgen halten würde. Also befestigten wir das Segeltuch mit Spanngurten. Marcel und Bill waren schon abgereist, und es war eine richtige Sauarbeit, wenn man nur zu zweit war. Wir überließen Jeff Koons' Geschenk den Security-Typen, die seit ein paar Nächten auf die Tulpenhand aufpassten, und hofften das Beste.

Obwohl ich oben mein Bett für mich allein gehabt hätte, legte ich mich abends mit zu Bashkim ins Zimmer, und wir schauten fern. Irgendwann gegen zehn schoss er in die Senkrechte und sprang aus dem Bett.

»Wir haben die Unterschrift vergessen!«, rief er. Immer wieder: »Die Unterschrift! Die Unterschrift, Fansi!«

»Was *ist* denn?«, fragte ich ihn, und er begann in seiner Tasche herumzuwühlen und unter das Bett zu kriechen. Staunend schaute ich zu, wie er langgestreckt bis zum Hintern unter dem Bett verschwand und irgendwann mit einer kleinen Schatztruhe wieder auftauchte. Er legte sie aufs Bett, öffnete sie und holte eine Plakette aus Metall raus.

»Das ist die Signatur von Koons. Die lag bei uns im Spind hinter dem Alpha Laser. Die müssen wir noch unten an den Muschelkalk bohren«, sagte Bashkim.

Ich stöhnte, stieg aus dem Bett und zog meine Hose an. Nicht mal signieren konnte er seine Werke selbst.

11

Natürlich war ich ein bisschen nervös, und natürlich war ich ein bisschen stolz, aber beides war peinlich, und deshalb versuchte ich, beide Regungen zu verbergen. Bashkim stand neben mir und biss sich auf der Unterlippe herum. Ich schüttelte ihn von hinten an den Schultern.

Gestern Nacht war ich leise und ohne Bashkim zu wecken in das obere Hotelzimmer geschlichen, um dort ordentlich zu heulen. Anschließend hatte ich mir mit Wasser die Tränenkrusten aus den Augenwinkeln gespült. Das Ganze war lächerlich gewesen, aber heute Morgen war alles wie weggeblasen.

Es war noch früh. Die Sonne schien, so wie sie am 13. November vor vier Jahren nicht geschienen hatte.

»Ich bin im Sommer mal in die Finanzabteilung«, sagte Bashkim. »Ich hab gefragt, wie viel Perugino für das Teil überwiesen wurde.«

»Sag es nicht«, sagte ich.

»Vier Millionen!«

»Du solltest es *nicht* sagen.«

Ich kniff die Augen in der Herbstsonne zusammen, die Summe machte mich wahnsinnig. Bashkim legte mir eine Hand an den Hinterkopf, obwohl er sie lieber aufs Herz hätte legen sollen.

»Wie geht's dir?«, fragte er.

Ich winkte ab. »Es geht.«

»In Paris würde ich mich jedenfalls nicht umbringen«, sagte er. »Ich könnte hier echt nicht Selbstmord begehen.«

»Ich bin traurig, Bashkim. Aber nicht verzweifelt.«

Neben uns stand Perugino und hoffte wahrscheinlich, dass wir nicht auffallen würden. »Baut keinen Scheiß, Jungs«, sagte sie. »Ich kenn euch doch.«

»Nee, nee«, sagten wir.

»Ihr habt das gut gemacht. Jetzt können wir nur hoffen, dass die Französinnen und Franzosen das auch als Gedenkstätte akzeptieren.«

»Mal sehen«, sagte Bashkim.

»Gestern war ich am Alma-Tunnel. Dem Tunnel, in dem Lady Di verunglückt ist«, sagte Perugino.

Wir nickten.

»Vor dem Tunnel steht 'ne Kopie der Flamme, die die Freiheitsstatue von New York in den Händen hält«, fuhr sie fort. »Da liegen lauter Rosen, Bilder, Fotos und Nelkengestecke in Herzform rum. Alles für die Prinzessin. Ich befürchte, dass es hier in ein paar Jahren nicht so aussehen wird. Aber das soll nicht unsere Sorge sein.«

Sie nickte zu einer Gruppe von Menschen rüber, die im Kreis zusammenstanden. Wir blickten uns um. »Das sind die Stifter. Plaudert vor denen lieber keine Betriebsgeheimnisse aus«, sagte Perugino und zählte sie einzeln auf, ohne auf sie zu zeigen. Die ehemalige amerikanische Botschafterin war da, Jane Hartley, und daneben ihr Mann, Ralph Schlosstein, ein Investmentbanker. Und natürlich stand mitten unter ihnen Jeff

Koons selbst mit seiner Frau Justine und neben ihnen die Bürgermeisterin von Paris. Koons trug einen dunkelblauen Anzug, ein weißes Hemd und eine marineblaue Krawatte mit weißen Punkten.

In der Nähe vom Petit Palais schlich ein Typ in schwarzem Pullover herum, der ein Schild hochhielt, auf dem stand: »Simon says: FUCK YOU JEFF KOONS«. Er wurde irgendwann von der Security abgeführt.

Ich musterte Bashkim, der, so wie es aussah, seinen alten Konfirmationsanzug trug. »Ich will dir nicht zu nahe treten, aber trägst du da deinen alten Konfirmationsanzug?«, fragte ich ihn leise, während Koons sich auf die Enthüllung vorbereitete. Kastanien rasten zu Boden.

»Nein, Mann«, sagte Bashkim und trat von einem Bein aufs andere. »Ich bin Muslim, du Opfer.«

»Sieht aber so aus, der ist hinten auch ganz faltig«, sagte ich und wischte ihm am Rücken herum.

Er drehte sich zu mir um und packte meinen Unterarm. »Ich weiß, ich weiß, lass mich doch in Ruhe. Könnte ich mich von außen sehen, mit den Augen der anderen, ich würde vor Scham eingehen!« Dann ließ er mich wieder los, und Koons erhob die Stimme.

»Bonjour«, sagte er mit schwerem amerikanischen Akzent und schaute in die Menge, und dann auf Englisch: »Vielen Dank, dass Sie heute hier sind.« Er drehte sich um, und mit ihm wendeten alle den Blick zum verdeckten Tulpenstrauß. Die Fotografen knieten sich hin, drängelten, setzten Blitze auf ihre Kameras; einige Frauen und Männer griffen sich an die Schals und zogen sie enger um ihre Hälse.

Die Bürgermeisterin, Justine Koons und Jane Hartley stellten sich an Jeff Koons' Seite und zogen gemeinsam mit ihm an einer Schnur. Und dann schnitt die Miniguillotine von Bill und Marcel den Knoten am höchsten Punkt des Kunstwerks durch: Wie in Zeitlupe fiel zuerst die linke Hälfte der Stoffplane über die polierten Tulpen, glitt seitlich an den Stielen vorbei und an der Hand entlang zu Boden. Dann fiel die rechte Hälfte.

Unser Kunstwerk. *Unser* Handwerk.

Ein Raunen ging durch die Menge, Applaus und Blitzlichter schossen durch den kleinen Park, und Koons zeigte seine weißen Zähne. Die Tulpen reflektierten matt das Licht der Fotoapparate. Und das machte sogar Bashkim ein bisschen munterer. Wir begannen mit den anderen zu klatschen. Zugleich schauten wir in die Menge und überlegten, wer von den Leuten wusste, dass *wir* den Tulpenstrauß aufgebaut hatten.

»Dieser Strauß mit aufblasbaren Tulpen, das *Bouquet of Tulips*, stellt eine Gabe an die Stadt Paris und ganz Frankreich dar«, erklärte Koons. »Meine Aufgabe war es, Einfühlungsvermögen zu zeigen, und durch dieses Werk will ich die gemeinsamen Werte des französischen und des amerikanischen Volkes feiern. Meine Motivation war die Überzeugung, dass wir gemeinsam den Beweis darstellen können, dass die Freundschaft zwischen unseren beiden Ländern stärker ist als alles andere. Dass die Verbindung stark ist, dass wir in Freiheit vereint sind! Dafür stehen die von der Hand überreichten Tulpen. Es ist eine Geste der Freundschaft, der Freiheit, der Zivilisiertheit.«

Bashkim sackte ein wenig in sich zusammen. Er betastete sein zu enges Jackett und war wahrscheinlich kurz davor, sich eine Kippe rauszuholen.

»Was Sie jetzt hoffentlich verspüren, das ist der *shiver effect*«, sagte Koons. »Das Schaudern! Wenn Sie hier gerade diese Plastik anschauen und innerlich erstarren, dann können Sie sich vielleicht vorstellen, wie es mir erging, als ich einst in der Royal Academy of Arts in London war. Dort wurde Tizians *Die Häutung des Marsyas* ausgestellt. Ich war dabei, als sie das Bild auspackten. 400 Jahre lang hatte es niemand mehr gesehen, weil es irgendwo in einem Schloss in der Nähe von Prag versteckt gewesen war. Ich hatte das Gefühl, dass mein Leben durch den Anblick dieses Bildes von Grund auf verändert wurde.«

Koons lächelte in die Runde und machte eine schöne Kunstpause. Nachdem er alle angeschaut hatte, sagte er mit ganz sanfter und trotzdem eindringlicher Stimme: »Tizian malte das Bild mit 90 Jahren. So eine dermaßen großartige Geste, finden Sie nicht? Eine ebenso große Geste soll das *Bouquet of Tulips* für die Stadt Paris, für alle Französinnen und Franzosen und für die Opfer der Anschläge sein. Ich denke dabei an bedeutende Werke wie Picassos *Friendship Bouquet* und die Freiheitsstatue. Nicht umsonst ist das hier ebenfalls eine rechte Hand so wie die fackeltragende Hand in New York.«

Koons Stimme hob sich jetzt, und ein paar Leute nickten zustimmend. »Es war mir ein Anliegen, mit diesem Tulpenstrauß die größtmögliche Geste zu machen!«

»66 Tonnen«, sagte Bashkim leise, schaute mich an und senkte dann den Kopf. »Der Mensch ist so eitel. 66 Tonnen!«

Ich sagte: »Es ist wie auf einer Beerdigung hier.«

Und Bashkim sagte: »Ich weiß.«

»Es ist noch nicht mal jemand hier, der den Terroranschlag selbst miterlebt hat, oder? Hier sind überhaupt keine Leute eingeladen worden, denen das Kunstwerk eigentlich gewidmet ist.«

»Keine Ahnung«, sagte Bashkim leise.

Koons hatte mit den Opfern des Anschlags ungefähr so viel zu tun wie Roosbeks mit den kotzenden Kerbeburschen.

Ein wenig Applaus wehte durch Paris, aber nicht zu viel. Koons hatte fertig gesprochen und trat zur Seite. Die Pariser Bürgermeisterin stellte sich als Nächste ans Mikrofon: »Natürlich wird sich Koons' Werk zunächst bei den Pariserinnen und Parisern etablieren müssen«, rief sie bestimmt. »Ich denke dabei an den Eiffelturm, den Huysmans als ›durchlöchertes Zäpfchen‹ bezeichnet hat. Oder Ieoh Ming Peis Glaspyramide im Louvre, die lange Zeit als Käseglocke verspottet wurde. Oder Daniel Burens gestreifte Säulen im Palais Royal, die vielen als zu ›modern‹ und zu ›intellektuell‹ erschienen.«

Bashkim gähnte.

Koons blickte kurz zu uns herüber. Er blinzelte. Ich schaute ihn an. Ich wusste nicht, was ich tun sollte, also blinzelte ich zurück, allerdings zeitverzögert, bestimmt fünf Sekunden nachdem er selbst geblinzelt hatte, und da war sein Blick längst woanders. Ich lächelte und blinzelte also ins Leere. Ich kam mir vollkommen lächerlich vor, aber verspürte plötzlich eine tiefe Zuneigung zu Jeff Koons. Und diese Zuneigung galt eigentlich mir selbst.

Ich weiß nicht viel, aber manches weiß ich.

Ich beobachtete Bashkim. Sein Kopf hing auf seiner Brust, dann kippte sein Oberkörper ein bisschen nach vorne, ich konnte ihn gerade noch auffangen, bevor er gegen Ralph Schlosstein gefallen wäre.

Dann wurden weitere Reden gehalten. Es ging um das Durchatmen als Symbol für den Optimismus, es ging um aufblasbare Spielzeuge, es ging um die Ewigkeit.

Als später alle herumstanden, miteinander ins Plaudern gerieten und Snacks zu sich nahmen, tat ich etwas, das Perugino sofort argwöhnisch beobachtete. Ich ging auf Ralph Schlosstein, den Ehemann der Botschafterin, zu und fragte ihn, ob ihm der Name Daberkow etwas sagte. Ich dachte, dass umtriebige Hedgefonds-Manager und umtriebige Geschäftsführer von Investment-Beratungsunternehmen einander kennen könnten, so wie erfolgreiche Formel-1-Fahrer mit erfolgreichen Fußballern bekannt waren.

Schlosstein kniff die Augen zu hundert Fältchen zusammen. Er überlegte kurz, wobei er sich wahrscheinlich vor allem fragte, wer ich war und warum ich ihn einfach von der Seite angesprochen hatte. »Daberkow?«, fragte er und schloss die Augen ganz, weil er nun wirklich überlegte, und dann sagte er: »Tut mir leid, nein.«

Ich erklärte ihm, was ich über Daberkow wusste, und Schlosstein begann zu lachen. »Ja, leider gibt es mehr als nur ein schwarzes Schaf in dieser Branche«, sagte er.

»Aber nicht viele, die *so* psychopathisch sind, oder?«

»Leider doch, leider doch«, sagte er. »Schauen Sie uns an, wir kaufen der Stadt Paris einen Luftballonblumenstrauß aus Metall, um dem Volk zu zeigen, wie traurig wir darüber sind, dass die Redaktion einer Satirezeitschrift ermordet wurde und über einhundert Leute ihr Leben für etwas lassen mussten, was wir als heilig empfinden: die liberale Demokratie. Mit bunten Bildern wollen wir gegen den Terror ankämpfen. Und jetzt stehen wir hier und fragen uns, ob das wirklich unsere größte Waffe ist.«

»Es ist auf jeden Fall seltsam«, sagte ich.

»Ich heiße Ralph Schlosstein«, sagte er und gab mir die Hand. Ich stellte mich vor. Und ich zeigte auch zu Bashkim rüber und erklärte kurz, warum wir hier waren.

Schlosstein lachte. »*Sie* haben das gebaut?«, sagte er und rief nach seiner Frau. »Jane! Jane, komm mal bitte kurz rüber!«

Jane Hartley schritt langsam in ihrem Kostüm auf uns zu. Typisch amerikanisch, blondiert und mit leuchtenden Zähnen. Sie sah mürrisch aus, aber vielleicht kaute sie gerade auch nur auf etwas herum, auf ihrer Innenbacke oder einem Kaugummi oder einem Stück Brioche.

»Schau mal, der junge Mann hat unseren – äh, Verzeihung, *Koons'* Blumenstrauß für Paris aufgebaut. Er ist einer von den Deutschen.«

»Sie?!«, rief Hartley und strahlte.

»Ja. Wobei, hauptsächlich Bashkim«, sagte ich und nickte zu Bashkim rüber, der mit seinem Konfirmationsanzug in der Nähe stand, ein Croissant in der Hand hielt und irgendetwas zu betrachten schien, vielleicht den Rasen oder die unsichtbaren Muscheln auf dem Steinfundament oder die Fensterflächen des Petit Palais.

»Ist ja der Wahnsinn«, sagte Jane Hartley.

Die beiden standen erwartungsvoll vor mir. Bashkim kam dazu und nickte in die Runde. »Nice to know you«, sagte er und streckte ihnen seine Hand entgegen, die die Geldgeber so schnell griffen, dass sie nur seine Finger erwischten.

»Jetzt bin ich aber mal gespannt, ich muss Sie etwas fragen«, sagte Jane Hartley. »Was halten Sie denn von unserem Bouquet hier?«

»Ehrlich gesagt«, sagte Bashkim und verschluckte sich ein bisschen, »ehrlich gesagt gefielen mir andere Sachen von Koons schon besser. Zum Beispiel der Hulk mit der Schnecke und der Schildkröte auf dem Rücken.«

Alle schauten zum elf Meter hohen Tulpenstrauß hinauf, als handelte es sich um ein Objekt aus einer bunten, fremden Welt. »Aber dass er so groß ist, das gefällt mir schon gut«, sagte Bashkim. »Bunte und große Geschenke sind immer gut.«

»Sie finden es also nicht *opportunistisch* oder *zynisch*?«, fragte Jane Hartley.

»Zynisch? Nein«, sagte Bashkim, und auch ich schüttelte den Kopf und kratzte mit meinen Schuhen Löcher in den erst vor ein paar Tagen platt gewalzten Sandboden, der um das Kunstwerk herumführte. Perugino stand mit gespitzten Ohren in der Nähe und versuchte, unser gebrochenes Englisch zu verstehen.

»Und empfinden Sie es vielleicht als eine Art von Scherz?«, fragte Hartley.

Bashkim und ich blickten uns an. »Nicht wirklich. Warum sollte es ein Scherz sein?«, fragte Bashkim.

»Vielleicht könnte man bemängeln, dass es nur elf Tulpen sind.«

»Ich weiß es nicht«, sagte Bashkim.

»Die zwölfte, also fehlende Tulpe, steht für die Opfer des Anschlags.«

»Ja«, sagte Bashkim. Er wirkte hilflos.

»Ehrlich gesagt machen wir uns darüber keine großen Gedanken«, sagte ich.

»Keine großen Gedanken, ah«, sagte Schlosstein und blickte nicht in diesen, sondern in irgendeinen weit entfernten Oktobertag.

»Ja, kann man so sagen«, stimmte mir Bashkim zu. »Jedenfalls kann ich das Scheißteil nicht mehr sehen, ganz ehrlich.«

Bashkim und ich kicherten wie kleine Jungen und warfen uns Blicke zu, weil wir nicht wussten, wie Hartley und Schlosstein darauf reagieren würden. Es war nicht böse gemeint, aber wir hatten nach fünf Wochen Montage *wirklich* keine Lust mehr, uns dieses Ding weiter anzusehen.

Als sie merkten, dass es zwar kein Witz war, aber irgendwie verstanden, was der Tulpenstrauß für uns bedeutete, lachten sie auch. Und dann drehten sie sich schnell von uns weg, grüßten noch einmal kurz über ihre Rücken und gingen davon.

Sie gaben die Sicht frei auf Jeff Koons, der mit einem Champagnerglas in der Hand am Muschelkalkfundament lehnte und zu uns rübergrinste.

Bashkim und ich schoben uns ein bisschen gegenseitig hin und her, um vor ihm in Deckung zu gehen. Aber er hatte uns schon längst erkannt und kam auf uns zu. Er nahm Bashkims Hand und wendete sich dann mehr oder weniger direkt mir zu. Er sagte: »Sie scheinen jemanden zu vermissen. Gut, dass Sie hier sind. Dieser Ort ist nahezu perfekt für einen solchen Zustand.«

Dann drehte er sich um und ging davon.

Das war wahrscheinlich das erste Mal, dass Koons mit mir gesprochen hatte. Als ich während meiner Ausbildung bei Perugino seine Metallteile poliert und sich glühende Splitter in mein Hirn gefressen hatten, hatte er es jedenfalls nie richtig getan.

»Typisch«, sagte Bashkim.

»Koons?«, fragte ich.

»Nein, nicht Koons. Diese Schlossteins.«

»Ja, typisch«, sagte ich. »Hast du ihre Hände gesehen?«

»Klar. Komm, wir holen uns was zu trinken.« Wir gingen durch die Menge und am Tulpenstrauß vorbei. »Eigentlich sieht jede Tulpe für sich auch aus wie ein Arschloch«, sagte Bashkim. »Also, wenn ich es von hier aus betrachte.«

»Anustulpen«, sagte ich, und wir lachten.

»Was haben die sich dabei nur gedacht?!«, rief ich, und er krallte sich an meinem Arm fest, während er sich den

Bauch hielt und Oberkörper und Beine einen rechten Winkel bildeten. Wir wurden wieder zu Kindern.

»Ganz Paris!«, keuchte Bashkim und brüllte: »Ganz Paris ist voller zerschossener Zäpfchen und Käsekuppeln und Anustulpen!«

Mehr konnten wir nicht sagen. Mehr war nicht zu sagen.

Ein letztes Mal liefen wir zusammen durch die Stadt. Wir landeten im Café Rostand und tranken Bier und aßen Fleisch in Soße. An der Fontaine des Innocents blieben wir eine Weile stehen und teilten uns ein Dosenbier. Der Himmel war rosa und sah ein bisschen aus wie eine Tulpenblüte, die sich hohl über die Erde gestülpt hatte.

Ich bekam eine Nachricht von Kira. Ich nahm sie ungeöffnet mit in die nächste Kneipe. Dort legte ich das Handy auf den Tisch und schaute, wie die Nachricht in die Vergangenheit rutschte. Kira hatte geschrieben: vor 15 Minuten, vor 38 Minuten, vor 52 Minuten. Ich las ihre Nachricht nicht.

»Nächste Woche fängt mein Studium an«, sagte ich.

Bashkim lachte sabbernd und hielt sich sein aufgeknöpftes Hemd vor den Mund.

Wir gingen zurück ins Hotel. Kurz bevor wir zum hundertsten Mal die Seine überquerten, musste ich mir die Schuhe binden. Danach war mir kurz schwindelig, deshalb lehnte ich mich mit Bashkim ans Brückengeländer, und wir schauten auf den Fluss.

Unten, auf der letzten Stufe einer Treppe zur Seine,

klebte ein verloren gegangenes Wahlplakat von der Europawahl im Frühling. Es musste seit dem letzten Frühjahrssturm dort unten festkleben. Es hatte fast nicht geregnet im Sommer, und deshalb erkannten wir auf dem Papier noch ganz schwach jemanden in unserem Alter, einen jungen Politiker mit schwarzen Haaren, ganz glatt rasiert, der Rest war von Möwenscheiße fast komplett überdeckt. Bashkim und ich hielten uns am Geländer fest, beugten unsere Oberkörper nach hinten, zogen Rotze in der Kehle hoch und versuchten, das Plakat zu treffen. Unsere Spuckeklumpen fächerten sich in der Luft auf und rieselten auf den Fluss. Aber das meiste wehte uns zurück ins Gesicht.

IM KABUFF

12

Mitte November hatte ich in den Kursen *Festigkeits-lehre* und *Elektrotechnik Grundlagen* die Schnauze eigentlich schon voll. Ich war eines Samstags mit schlechter Laune auf dem Fahrrad unterwegs, als ich Tamara Roosbek auf Höhe des Schwimmbads bei *laufendem* Motor in ihrem *geparkten* Wagen auf einem *Behindertenparkplatz* entdeckte. Die Schleierwolken stießen an diesem Vormittag in einem seltsamen Winkel von oben auf das Mittelgebirge hinab. Sie sahen aus wie Riffe vor einer Insel, aus dem Flugzeug betrachtet.

Ich war auch sechs Wochen nach Paris noch so mit den Nerven am Ende, dass ich mich dazu entschloss, Frau Roosbek auf den laufenden Motor anzusprechen. Ich klopfte gegen die Fensterscheibe, sie ließ sie nicht runter. Ich klopfte noch einmal, sie schaute auf ihr Handy, während der Motor weiterlief. Als ich das dritte Mal klopfte, schaute sie mich endlich an. Sie schien mich nicht zu erkennen, hatte aber offenbar Angst und versuchte zu lächeln. Die Fensterscheibe ging endlich nach unten, aber auch nur so viel, dass wir einander hören konnten.

»Was *wollen* Sie denn?«, fragte sie misstrauisch. »Wo kommen Sie überhaupt her? Wieso belästigen Sie mich?«

»Ich? Ich belästige Sie nicht! Ich wollte nur wissen,

wieso der Motor Ihres Schrotthaufens läuft, wenn Sie gar nicht fahren.«

»Schrotthaufen? Mein Traumwagen ist ein Schrotthaufen?« Aus unerfindlichen Gründen fing sie an zu hupen, um mich davonzujagen.

»Hören Sie auf! Lassen Sie das!«, sagte ich und griff durch die geöffnete Fensterscheibe nach ihren Armen.

Sie begann zu schreien und fuhr die Fenster wieder ein Stück nach oben.

»Erkennen Sie mich denn nicht?«, rief ich aufgebracht.

»Sie Freak«, brüllte sie. »Lassen Sie mich zufrieden.« Sie war eindeutig geistesgestört. Oder kontaktgestört oder so ähnlich.

»Machen Sie den Motor aus!«, schrie ich immer lauter. »Und schaffen Sie Ihre Dreckskarre vom Behindertenparkplatz!«

»Hilfe! So ein Spinner!«, rief sie und drückte auf irgendwelchen Tasten an ihrem Bordcomputer herum. Die Fensterscheibe war noch immer halb geöffnet. Während sie zitternd versuchte, irgendeine Nummer zu wählen, beruhigte ich mich und fragte sie noch einmal, ob sie mich nicht erkennen würde.

Sie schaute mich an. »Okay, ganz ruhig jetzt«, sagte sie und wischte sich über die Stirn. »Ich gönne hier meinem geschundenen Körper eine Ruhepause, ich war gerade beim Sport. Ich stehe hier nicht absichtlich, mein Körper hat mir schlicht den Dienst verweigert. Ich bin wie gelähmt.«

Sie redete und redete und suchte nach irgendwelchen Ausflüchten. Ich hatte gedacht, sie würde mich erkennen, aber sie war komplett orientierungslos. Sie begriff überhaupt nicht, dass ich vor drei Monaten ein Klo eingebaut hatte.

Dann veränderte sich plötzlich doch ihr Gesichtsausdruck. Sie öffnete den Mund und schob die Sonnenbrille runter auf ihre Nasenspitze. »Moment mal«, sagte sie. »Du bist doch der Sohn von Johanna, oder?«

Woher kannte diese Frau meine Mutter?

»Sie kennen meine Mutter?«, fragte ich.

»Klar, ich kenn sie aus dem Versicherungsbetrieb, für den ich mal gearbeitet habe. Sie war dort Kundin, und wir sind zusammen ausgegangen, aber das war vor fünfzehn Jahren. Das hast du wahrscheinlich nicht mitbekommen. Oder erinnerst du dich?«

»Nein.«

Sie freute sich richtiggehend. Dann plötzlich wurde sie nachdenklich. »Komisch«, sagte sie. »Aus größeren Familien landet neuerdings immer ein Sprössling in einem Handwerksbetrieb oder in der Gastronomie oder so. Du hast doch mit meinem Sohn Abitur gemacht, Aljoscha.«

Sie merkte überhaupt nicht, dass mich ihre Worte lächerlich dastehen ließen. Abgesehen davon kannte ich nur einen Aljoscha, und der war ein paar Klassen unter mir gewesen und ein richtiger Bastard, ein echtes *Trust Fund Baby*.

»Deine Geschwister studieren doch, oder?«, fragte sie.

Sie hatte mich also erkannt. Nicht nur als den Typen, der ihr ein neues Klo eingebaut hatte, sondern auch als den Kerl aus der gut situierten Familie, der nicht studiert hatte.

»Keine Sorge, ich finde das gut, was du machst!«, sagte sie.

»Werkzeugkästen tragen bringt Muskeln«, sagte ich, während mir die Röte ins Gesicht schoss. »Irgendwann wird der Muskelprotz den Streber wieder von der Spitze der Hierarchie verdrängen. Also von da, wo gerade noch Ihr Sohn steht.«

Sie lächelte mich an. »Du willst wahrscheinlich einfach nur gegen deinen Vater rebellieren, hab ich recht? So wie Joschi immer«, sagte sie.

»Gütiger Himmel«, sagte ich. »Joschi soll sich wichsen. Sie beschützen ihn so sehr, dass er ...« Aber ich konnte meinen Satz gar nicht zu Ende bringen.

»Okay, Schluss jetzt!«, schrie sie nun wieder. »Du hattest wohl doch keine so gute Kinderstube. Aber das wundert mich bei deiner Mutter auch kein bisschen.«

Ich trat gegen die Fahrertür, und sie tippte wieder brüllend auf ihrem Bildschirm herum. Tamara Roosbek hatte in ihrem Leben vielleicht noch nie Verlust oder Scheitern erlebt. Sie und ihr Mann wirkten irgendwie lau und unverwundbar. Obwohl ihr gerade die Kinnlade runtergeklappt war, kam das, was ich ihr erzählt hatte, überhaupt nicht bei ihr an. Eigentlich hatte ich sie nur warnen wollen. Ihre Ignoranz und ihr Sicherheitsverlangen würden es den Hungrigen und Vertriebenen leicht machen, sie irgendwann wegzufegen.

Aber es hatte keinen Sinn. Ich stieg auf mein Fahrrad, fuhr wütend in die Vorstadt und setzte mich auf ein Bier in die »Zielscheibe«, eine Kneipe im Hinterhof eines Waffengeschäfts. Als ich mich an einen Tisch neben einem Spielautomaten setzte, überlegte ich es mir aber anders und bestellte lieber Kaffee, ich hatte die ewige Biersauferei satt und mich am französischen Bier sowieso krank getrunken.

Der Kaffee dauerte ewig, weil in der Zielscheibe nie jemand nach etwas anderem verlangte als Bier oder Schnaps. Als ich aufschaute, sah ich auch gleich jemanden die Kombination aus beidem an der Theke bestellen, aber er wurde abgewimmelt, weil gerade mein Kaffee gemacht wurde. Ich konnte den Typ nur von hinten sehen. Er begann sofort sich zu beschweren. Mein Gott, es war elf Uhr morgens, und die Bedienung hatte keine zehn Arme! Was war denn heute los?!

Ich schaute ein wenig auf meinem Handy rum und bemerkte dann, wie sich ein Schatten über den Tisch legte. »Haben wir hier Perverse zu Gast?«, fragte mich der Schatten und legte eine dreckige Hand auf die Tischplatte. Ich musste gar nicht zu ihm aufschauen. Polyester, Deo, Schweiß: Es war Meuer. Meuer, Meuer, Ungeheuer. Warum wurde man manche Typen nicht los? Er stand genauso blöd und stur da wie vor ein paar Monaten im Zelt als Kerbebursche.

»Du stehst mir im Licht, Meuer«, sagte ich, ohne aufzuschauen. »Außerdem ist gerade Kaffeezeit und nicht Biersaufzeit. Kannst du dich nicht mal 'ne Sekunde gedulden?« Ich wollte trotzdem keinen Ärger mit ihm und stand vorsichtshalber auf. Meuer war unberechenbar.

Ich stand neben ihm, und er schaute mich stumm an. Dann nahm er seine flache Hand, legte sie an meinen Hinterkopf und patschte langsam, aber immer fester gegen meinen Schädel. Eine vollkommen sinnlose und aggressive Geste. Hätte sich sogar Koons noch eine Scheibe von abschneiden können.

Ich schüttelte den Kopf und schaute Meuer an. Meuer war nicht *schon wieder* wach und trank Bier, er war *immer noch* wach.

»Warum hast du das eigentlich damals gemacht?«, fragte ich.

Er antwortete nicht, sondern schaute mich nur blöd an.

»Warum hast du den Chef bei der Handwerkskammer angeschmiert?«

Seine Augen verengten sich zu kleinen Schlitzen, dann sagte er: »Wegen dem Saufen.«

»Was?«

»Er hat mich zum Saufen gebracht!«, rief Meuer und packte mich am Kragen. »Hast du's noch nicht verstanden?«

»Doch«, sagte ich und machte mich von ihm los.

Er blickte mich empört an, dann winkte er ab und wendete sich einem Spielautomaten zu, der in der Ecke hing. Ich legte ein paar Euro auf die Theke und verließ die Kneipe. Beim Runterrollen zu meiner Wohnung schaute ich zum Himmel, die Riffe waren verschwunden.

Zu Hause setzte ich mich in den letzten Rest der Herbstsonne auf meinen Balkon. Ich glaubte, verrückt zu werden, wenn ich hier nicht wegkäme, aber ich wollte auch nirgendwo anders hin.

Bashkim sah ich nur noch an den Wochenenden. Perugino hatte in den Wochen nach Paris Probleme mit den Geldgebern bekommen, und Bashkim hing mittendrin. Durch den Verschleiß der Muschelkalkfundamente hatten die Kosten am Ende viel höher gelegen als erwartet. Bashkim quälte sich seitdem zusammen mit Perugino durch stundenlange Videocalls, in denen er sich vor Jane Hartley und Co. rechtfertigen musste. Ich gab Bashkim Tipps, was er sagen sollte, aber eigentlich war ich fein raus. Mir hatten sie eine ordentliche Summe für die Montage überwiesen, die ich gut gebrauchen konnte.

Kira sah ich überhaupt nicht mehr. Ich hatte gehofft, dass sie sich melden würde, aber anscheinend hatte Paris etwas in ihr ausgelöst. Wir hatten uns noch ein- oder zweimal geschrieben, und dann war der Kontakt abgebrochen. Vielleicht würden wir uns zufällig wieder über den Weg laufen. Oder gab ich mir einfach nicht genug Mühe? Es war zu schwer, jemanden *wirklich* kennenzulernen. Es mit jemandem *auszuhalten*. Außerdem hatte ich keine Zeit. Sie auch nicht. Bestimmt lag es daran.

Wie irre hier alles war, wurde mir besonders bewusst, als mein Chef ein paar Minuten später mit Satteltaschen unter meinem Balkon vorbeirollte. Ich beobachtete, wie er ein-, zweihundert Meter die Straße runter nach links in einer Hauseinfahrt verschwand. Ich konnte mir nicht vorstellen, was dieser Mann abseits der Abende im Kabuff in seiner Freizeit so machte. Das einzige Mal, dass ich ihn weit außerhalb der Arbeitszeit besucht hatte, war, als ich an jenem Winterabend mit Bashkim auf Pilzen vor seinem Munitionskistenhaus gestanden hatte. Also beschloss ich, ihm nachzuspionieren.

Ich zog mir eine Jacke über und ging runter auf die Straße. Ich sah mir die Namen an den Briefkästen bei der Einfahrt an, in die mein Chef abgebogen war, sein Nachname stand an einem der Schildchen. Hinterm Haus lag ein großer verwilderter Garten, in dem mein Chef auf einer weißen Bank saß.

Ich blieb in sicherer Entfernung stehen und beobachtete ihn. Er zog an einer Schnur, die in ein Rohr herabhing, das wiederum tief in der Erde steckte. Er bückte sich, als etwas am Ausgang des Rohrs aufblitzte. Er griff danach, es war eine Bierflasche.

Ich grunzte, halb aus Belustigung, halb um mich erkennen zu geben.

»Fansi!«, rief er und lachte.

»Hallo«, sagte ich. »Prosit.«

»Willst du auch eins?«

»Warum nicht.«

»Dann nimm mein Ersatzbier. Wollte ich aber eigentlich wieder an die Schnur binden fürs nächste Mal, ist nicht ganz kalt.«

»Macht nichts«, sagte ich. »Was machst denn du hier?«

»Ich war bei meinem Spielfreund, Ole Ohlsen«, sagte er.

»Bei wem?«

»Ohlsen. Suchtberater. Ich brauch doch meinen Führerschein wieder.«

»Und wie läuft's damit?«

»Alles in Ordnung, aber hab mich insgesamt ein bisschen dumm angestellt.«

»Wieso?«

»Hab bei so einem Fragebogen auf die Frage ›Grund für den erhöhten Alkoholkonsum am Tag des Verkehrsdelikts‹ mit DURST geantwortet. In Großbuchstaben.« Er schaute mich mit hochgezogenen Augenbrauen an. Dann lachten wir.

»Und hier? Wohnt hier Verwandtschaft?«, fragte ich und schaute mich um.

»Meine Schwester«, sagte er. »Ich hab sie gefragt, ob ich hier mein kleines Depot aufbauen kann, weil ich ja den ganzen Tag mit dem Fahrrad unterwegs bin. Ist ganz gut gelegen für einen kleinen Pitstop zwischen Tal und Hang. Die merkt eh nicht mehr viel, also hab ich hier ein Loch gegraben und ein PVC-Rohr reingesteckt und lass zwischendurch immer mal ein Bier runter. Da unten ist's schön kühl, das ist meine kleine Minibar.«

»Schlau«, sagte ich.

»Erniedrigte Arbeit«, sagte mein Chef, »kann ja nur erniedrigte Freizeit nach sich ziehen.« Er stand auf und ging hinüber zum Haus seiner Schwester. Sie tauchte in dem schwarzen Rechteck der Eingangstür auf, und die beiden unterhielten sich kurz. Dann kam er mit zwei neuen Bieren zu mir zurück.

»Liebe Biergrüße von meiner Schwester. Ist die Einzige, die ich noch hab«, sagte er.

»Wohnt sie dadrin alleine?«, fragte ich.

»Ganz alleine. Ihre Leute sind alle tot.«

»Wegen der Kleberfabrik, in der sie gearbeitet hat?«

»Genau, wegen der Kleberfabrik.«

Zwischen den Büschen blitzten verchromte, frisch gewachste Teile von teuren Autos hervor. Manchmal traten Nachbarn mit weißen Haaren vor ihre Häuser und schauten. Vom Tennisplatz nebenan ertönten die typischen Tennisgeräusche: ein Stöhnen in den letzten Sonnenstrahlen und der Aufprall der Bälle. Auf dem rückwärtig angrenzenden Grundstück hörte man die Gänse vom Bauern, die sich auf der Wiese hin und her jagten und jede Viertelstunde stillstanden, um die Kirchturmglocken der evangelischen Gemeinde durch ihre kleinen Hirne dröhnen zu lassen. In ein paar Wochen war Weihnachten, bald würde da drüben Blut spritzen.

Ich zeigte auf sein Fahrrad.

»Damit fährst du zur Kundschaft?«, fragte ich.

»Ja.«

»Und in die Satteltaschen steckst du die Rohrzange oder was?«

Er griff im Sitzen nach dem Fahrrad, öffnete die Satteltaschen, holte eine Rohrzange heraus, zeigte sie mir und schmiss sie wieder zurück. Ein paar Bierflaschen klirrten.

Wir saßen weiter im Abendlicht zusammen auf der Bank und schwiegen wie in der Werbung von Flensburger. Irgendwann sagte Hieronymus: »Falls du glaubst, ich bin dir wegen der Sache im Sommer böse: Ich bin's nicht.«

»Okay«, sagte ich.

»Ich kann dich verstehen, Fansi.«

»Okay.«

»Du solltest jeden Augenblick von Freiheit und Freundschaft genießen.«

Ich dankte ihm, weil ich nicht wusste, wie ich anders reagieren sollte.

»Du musst dich nicht bedanken. Für mich ist's eh besser.«

»Wieso?«

»Mit Ärger arbeiten heißt schlecht arbeiten.«

»Du meinst, ich war wütend im Sommer?«

»Glaube schon.«

»Woran hast du das gemerkt?«

»Das erkenne ich.«

Er hielt die Bierflasche gegen den Rest Tageslicht und prüfte den Stand.

»Ich mach den Laden dicht«, sagte er.

»Echt?«, fragte ich und spielte den Verwunderten.

»Es muss niemand mit Realitätssinn kommen, um mir zu sagen, dass es das war«, sagte mein Chef.

Ich schwieg.

»Die anderen sind wahrscheinlich einfach gerissener als ich«, sagte er seufzend. »Ich lass mir die Lebensversicherungen auszahlen, und das soll's gewesen sein.«

»Wann?«, fragte ich.

»In vier, fünf Wochen«, sagte er. »Weihnachten ist Schluss.«

Wir stießen mit unseren Bierflaschen an.

»Ich habe 'ne Frage«, sagte ich. »Warum bist du eigentlich Klempner geworden? Das hab ich mich von Anfang an gefragt.«

Er schaute mich an und sagte: »Wegen dem Geruch.«

»Echt jetzt?«

»Ja, wegen dem Geruch. Es riecht gut, Metallstaub riecht gut.«

Ein Tennisball kam über die Büsche auf den Rasen geflogen und rollte ein Stück weit auf uns zu. Jemand steckte seinen Kopf durch das Gebüsch und sagte: »Entschuldigung?«

Wir blieben sitzen und ignorierten den Kopf, der sich langsam wieder zurückzog.

»Ich bin froh, dass es jetzt zu Ende ist. Und irgendwie ist es nur konsequent, dass mein letzter Mitarbeiter gekündigt hat, um zu studieren.«

Ich fummelte an meinem Hosenbein herum und sagte leise und gequält »Jaja« und »Hast schon recht«.

Wir stießen noch einmal miteinander an.

Dann tauchte kurz seine Schwester auf, sie irrlichterte einfach an uns vorbei. Sie winkte, grüßte und war schon wieder weg. Sowieso ereignete sich in unserer mittelgroßen Stadt alles meist kurz und grell, und dann war es wieder weg, und es wurde nie wieder darüber geredet. So etwas fiel mir nur in den Vororten der großen Städte auf. In den Vororten, wo die Menschen den ganzen Tag mit dem Fahrrad fuhren wie mein Chef und Bashkim. In der großen Stadt im Tal, am Fluss, da geschah zwar auch alles grell und kurz, aber es fiel nicht einmal für den kurzen Moment auf. Niemand bemerkte den Grusel, weil der Platz zwischen den Menschen dort zu klein war.

Mein Chef fragte: »War das eben meine Schwester?«

»Glaube schon«, sagte ich, und er sagte: »Verrückt. Sie ist verrückt.«

Ich kam auch auf Meuer zu sprechen und dann auf Frau Roosbek und darauf, dass ich heute beide kurz hintereinander in ihrer jeweiligen Welt getroffen hatte. Zwar erzählte ich ihm lieber nicht, was Meuer gesagt hatte, aber dafür umso genauer von Tamara Roosbek und dass ich ein wenig rabiat mit ihr umgegangen war.

Mein Chef sagte: »Nein, Fansi, das hättest du nicht tun sollen, die haben noch nicht alles gezahlt!«

»Oh.«

»Die werden uns aufs Dach steigen, der Mann ist Anwalt.«

»Oh, tut mir leid, Mist.«

»Die Endrechnung liegt schon seit Wochen bei denen auf dem Tisch. Als du weg warst, hat mir Blumenstein geholfen, die Waschbecken hochzubringen. Und dann bin ich jeden Tag mit dem Fahrrad hingefahren und hab denen die Scheißdinger eingebaut.«

»Und warum zahlen sie dann nicht?«

Mein Chef zupfte an seinen grauen Locken herum.

»Warum, fragst du? Das kann ich dir sagen. Es waren zwei Waschbecken, ultrateuer, schwarzer Granit aus Simbabwe. Erst wollten sie wieder ihr geflammtes Porzellan, war ihnen dann aber nicht protzig genug. Also hab ich ihnen die Teile aus Granit eingebaut.«

»Und dann?«

»Als ich fertig war, hat sich der Alte das mit mir angeschaut und war nicht zufrieden.«

»Warum nicht?«

»Er meinte, die Waschbecken hätten angeblich unterschiedliche Farben.«

»Wie das denn?«

»Vollkommener Quatsch! Das liegt an den kleinen Kellerfenstern. Das eine Waschbecken liegt ein bisschen mehr im Schatten, das andere ein bisschen mehr im Licht, ganz einfach. Ich hab versucht, ihm das zu erklären, aber er ist durchgedreht.«

»Aber da kann man doch gar nichts machen!«, rief ich.

»Fansi! Er wollte, dass ich ihm die Waschbecken wieder ausbaue und neue einbaue!«

»Und?«

»Hab ich nicht gemacht. Ich hab ihm gesagt: Hören Sie mal zu, Sie sind ein erwachsener Mann und wissen ganz genau, dass das nichts ändern wird. Es liegt an den Lichtverhältnissen im Bad. Aber er hat drauf bestanden und gesagt, so was müssen Sie doch vorher wissen.«

»Und du?«

»Ich hab mich geweigert.«

»Und jetzt wollen sie nicht zahlen?«

»Die haben die ersten Abschlagsrechnungen bezahlt, aber auf die letzte große Zahlung warte ich noch.«

»Scheiße, und jetzt?«

»Ich weiß es nicht. Und jetzt hast du auch noch seine Frau verärgert. Dabei halte ich die noch für einigermaßen vernünftig.«

Ich lachte auf. Das konnte nicht sein Ernst sein. Hatte er nicht gehört, was ich ihm gerade von ihr erzählt hatte? »Seine Frau?!«, rief ich. »Die ist doch genauso schlimm wie er.«

Mein Chef fuhr sich mit der flachen Hand über die

Stirn und lehnte sich dann auf der Bank zurück. Er seufzte.

»Aber was soll's, du musst es versuchen«, sagte ich.

»Was denn?«, fragte er.

»Wir fahren zusammen hin. Du musst sie noch einmal auffordern, dich für deine Arbeit zu bezahlen.«

»Und wenn sie nicht wollen?«

»Dann sehen wir weiter. Aber wir müssen es erst mal mit Worten versuchen.«

»Ich habe es schon so oft mit Worten versucht.«

»Versuch's ein letztes Mal. Ich hol dich nächste Woche ab und fahr mit dir hin.«

Er trank die Bierflasche aus und stöhnte: »Von mir aus.«

Es wurde kalt, und ich schlang mir die Arme um den Bauch. Vom Nachbargrundstück wehte Feuergeruch herüber. Auf der Straße liefen lautlos Hunde mit blinkenden Halsbändern durch die Gegend, wie Glühwürmchen im Herbst. Der Mond stand auch schon hell am Himmel, und etwas Schweres lag in der Luft. So als ob es der letzte Tag von irgendetwas wäre, aber man konnte nicht genau sagen, wovon. Ein Abend wie ein letzter Sonntag in den Sommerferien.

»Ich bin steif gefroren«, sagte ich.

»Feierabend, oder?«, sagte mein Chef und schlug sich auf die Oberschenkel.

»Ja, Feierabend«, sagte ich.

Wir standen auf, und es knackte.

»Luft in den Gelenken«, sagte er.

»Die alten Knochen«, sagte ich.

Ich ging mit ihm vor bis zur Straße. »Also mach's

gut«, sagte er und setzte sich auf sein Fahrrad. Er rollte langsam nach unten, ich ging nach oben.

13

Die Woche drauf holte ich meinen Chef im Kabuff ab, wo er gerade seinen Bleistift mit dem Taschenmesser spitzte und irgendein Kreuzworträtsel löste. Ich setzte mich kurz zu ihm und lehnte unter großem Energieaufwand eine Flasche Bier ab, die er mir trotz meiner Proteste nicht nur anbot, sondern auch aus dem Kühlschrank holte, dann vor mich hinstellte und am Ende sogar aufmachte.

»Musst du selbst wissen«, sagte er, als ich sie nicht anrührte.

Ich half ihm mit den letzten Worten beim Kreuzworträtsel: *Furchtsamer Mensch* = *MEMME*, *Vertragsbedingung* = *KLAUSEL* und *Vererbungslehre* = *GENETIK*.

»*Memme!* Warum bin ich darauf nicht gekommen?!«, sagte er und schnappte sich das Bier, das er eigentlich für mich geöffnet hatte. Ich sagte nichts mehr, sondern nickte nur mit dem Kopf in Richtung Werkstatt. Er zuckte mit den Schultern und stand auf.

Draußen im Hof setzte ich mich in den Fiorino. Mein Chef schob das Tor auf, ich legte den Rückwärtsgang ein und fuhr aus der Einfahrt. Er schob das Gatter wieder zu und setzte sich auf den Beifahrersitz. Auf der Umgehungsstraße beschleunigte ich auf über hundert, und er lachte. Wir bogen nach rechts in die Hügel ab und kurz darauf in die Seitenstraßen mit den Villen.

Ich parkte den Fiorino hinterm Wagen von Frau Roosbek und dachte an den Eiffelturm-Verschnitt in ihrem Garten. Es regnete ein bisschen. Staubiger Nieselregen.

»*Aaah*«, machte mein Chef und quälte sich mit meiner Hilfe aus dem Beifahrersitz. »Die Gicht«, sagte er.

Das Bier, dachte ich.

Wir klingelten, und niemand öffnete, nur der Hund rannte zum Tor und beruhigte sich nicht. Wir schauten uns um und meinten, von den Nachbarn beobachtet zu werden.

»Ich glaube, es ist eh besser, wenn ich im Auto warte«, sagte ich. »Wegen der Nummer am Samstag.«

»Mach das«, sagte mein Chef und steckte sich die Finger in den Mund.

»Falls du Hilfe brauchst, sag Bescheid«, rief ich und lief zurück zum Wagen.

Ich beobachtete ihn dabei, wie er weiter hartnäckig am Tor klopfte und auf den Klingelknopf drückte und seinen Schädel vor die Überwachungskamera hielt. Dann ging er auf die andere Straßenseite und spähte in die bodentiefen Fenster im ersten Stock des Hauses.

Auf einmal spazierte Tamara Roosbek am Fiorino vorbei. Goldene Blätter umwirbelten sie. »Da ist sie ja!«, sagte ich vor lauter Überraschung zu mir selbst und musste schon wieder unfreiwillig lachen, obwohl ich eigentlich eine unglaubliche Wut auf sie hatte. Mein Chef rief etwas und ging ihr von der anderen Straßenseite aus entgegen. Obwohl Tamara Roosbek meinen Chef sofort erkannte, musste er mit seiner Gicht bis zur

Haustür hinter ihr herhumpeln. Ich öffnete das Fenster und versuchte zu verstehen, was die beiden miteinander sprachen. Nieselregen fiel auf mein Gesicht.

Von dem, was mein Chef sagte, verstand ich nur ungefähr so viel: »Rechnung ... Arbeit ... Wochen ...« Danach wehte ein Wind von den Taunushängen die Straße hinunter, und ich hörte ganz klar und deutlich jedes einzelne Wort, das Tamara Roosbek sprach: »Ohne meinen Anwalt sage ich gar nichts. *Hahaha!*« Das Lachen war stechend scharf und zog Funken sprühend über die Solardachpaneele der Nachbarhäuser davon. Dann schlüpfte Tamara Roosbek durch das Tor der Einfahrt, ohne es dabei zu weit zu öffnen, und war verschwunden.

Mein Chef kam zum Wagen zurück und setzte sich auf den Beifahrersitz. »Ich bekomm gleich einen Herzstecker vor Wut«, sagte er leise, aber mit gepresster Stimme.

»Was hat sie gesagt?«, fragte ich, obwohl ich jedes Wort verstanden hatte.

»*Ohne meinen Anwalt sage ich gar nichts.*«

»Hmm, ja«, sagte ich.

»Aufs Maul hätte ich ihr gerade am liebsten gehauen«, sagte er und stöhnte. »Und das war eigentlich immer eine meiner größten Stärken, dass ich Selbstbeherrschung hab, aber irgendwann wird's auch mir zu viel. Das ist doch alles lächerlich, die Waschbecken haben keine unterschiedlichen *Farben*.«

»Wir könnten ihren blöden Eiffelturm klauen«, sagte ich.

»Nein«, sagte mein Chef. »Es muss ihnen wirklich wehtun.«

»Es muss ihnen wirklich wehtun?!«

»Ja, nur körperliche Schmerzen bringen es.«

»Aber du hast doch selbst gesagt, dass sie uns im Kampf gegen ihren Mann noch behilflich sein könnte.«

»Da hab ich mich wohl getäuscht«, sagte er.

So geladen kannte ich meinen Chef nicht. Seine Hände zitterten, und er sagte: »Ich hab es satt!«

»Um wie viel Euro geht's eigentlich?«, fragte ich.

»Ungefähr fünftausend.«

»Und was willst du jetzt machen?«

»Entweder lasse ich neue Granitwaschbecken kommen, oder ich rufe ein Inkassounternehmen an, oder wir gehen vor Gericht«, sagte er.

»Was macht am meisten Sinn?«, fragte ich.

»Nichts von alledem.«

»Also?«

»Inkasso«, sagte er.

Die wirklich Reichen hatten einen Instinkt dafür, wenn man sie hereinlegen wollte. Und vielleicht wollten auch viele Handwerker sie reinlegen, aber nicht ich und schon gar nicht mein Chef. Exchef.

Zurück im Kabuff hatten wir am Computer nach einem Inkassounternehmen gesucht, und mein Chef war sofort überzeugt gewesen vom Internetauftritt eines Mahn- und Inkassobüros mit dem Namen »Mainhattan Transfer«. Es wurde aber Dezember, bis sich nach einigem Hin und Her endlich jemand von diesem dubiösen Büro bei Hieronymus Bosch anmeldete. Mein Chef rief mich an und fragte, ob ich als Zeuge vorm Inkassounternehmen aussagen wollte. Ich rollte runter zur Werkstatt und wartete mit ihm im Kabuff auf den angekündigten Besuch von Mainhattan Transfer.

Im Abendnebel stand endlich jemand mit Bomberjacke und Ledermappe vor der Werkstatt. Wir setzten uns mit ihm ins Kabuff, und er hörte sich die ganze Geschichte an. Er wirkte ziemlich fahrig und wippte mit seinen Beinen wie ein Irrer, während er uns zuhörte. Mich machte die Bewegung so wahnsinnig, dass ich aufstehen und mich wegdrehen musste. Mir kam es so vor, als könnte es dieser Typ gar nicht abwarten, sofort wieder abzuhauen.

Als Erstes erklärte er uns dann, dass er unbedingt eine Anzahlung in bar bräuchte. Während ich noch Einspruch erheben wollte, ging mein Chef schon los und kam mit ein paar Scheinen aus dem Büro zurück. Er bekam noch eine Quittung, und das war's. Danach hörten wir nie wieder was von Mainhattan Transfer.

Ein paar Tage später rief mich mein Chef an und sagte: »Ich geb's auf, ist mir egal.«

Ich flippte aus: »Nur noch zwei oder drei Wochen, und du machst den Laden dicht, was hast du denn zu verlieren?! Nur weil der Typ vom Inkassounternehmen *auch* ein Betrüger ist? Nach 45 Jahren Arbeit willst du dir dein letztes Gehalt durch die Lappen gehen lassen? Mit welcher Begründung? Und dann mit so einer Schande am Arsch Rentner werden?«

»Privatier«, sagte mein Chef.

»Wie auch immer! Das hängt dir doch dein restliches Privatiers- und Rentnerleben nach, wenn du dir nicht das letzte Geld holst, das dir zusteht.«

»Da hast du wohl recht, aber vor Gericht ziehen werde ich gegen den Kerl ganz bestimmt nicht.«

»Wir fahren noch mal hin«, sagte ich. »Ganz einfach.«

»Um was zu tun? Ihn lieb zu bitten, die Rechnung doch noch zu überweisen?«

»Ja«, sagte ich. »Du musst es noch mal versuchen. Sprich mit dem Kerl.«

Schweigen auf beiden Seiten der Leitung.

»Hmm, ja«, sagte mein Chef irgendwann zögerlich. »Vielleicht hast du recht.«

»Klar hab ich recht. Der wird uns zwei Riesen doch nicht abservieren.«

»Na ja.«

Aber ich hörte am anderen Ende der Leitung, wie er sich mit der flachen Hand auf seinen Oberschenkel schlug, was bedeutete, dass er sich ein Herz nehmen und noch einmal mit mir zu Roosbeks fahren würde.

Eine halbe Stunde später war ich unten bei ihm, und wir stiegen in den Fiorino. Ich fuhr uns in die Hügel, und kurz darauf standen wir mit gesenkten Köpfen im Wohnzimmer der Roosbeks und wurden von Tamara und Claudius gleichermaßen angeschnauzt, während Franschissko unsere Schienbeine fickte.

»Wozu das Ganze? Wozu?«, fragte Roosbek und starrte uns mit dem Blick eines Irren an. »Sie erdreisten sich, ständig hier aufzutauchen und nach Geld zu fragen! Meiner Frau haben Sie auch schon nachgestellt! Das erlaube ich nicht!«

Ich hoffte so sehr, dass mein Chef es Claudius zeigen würde. Aber er zeigte es ihm nicht. Er war müde. Er war extrem müde. Er hatte es satt. Mich wunderte, dass er gerade jetzt, am Ende seines fast fünfzig Jahre andauernden Arbeitslebens aufgab.

»Kommen Sie mit«, sagte Roosbek streng, und wir folgten ihm brav in den Keller.

Wir standen zu viert vor den Waschbecken, und wieder fing Roosbek von den angeblich verschiedenen Farben an. Dann sagte er: »Sie wissen, was ich von Beruf bin. Natürlich haben Sie die Arbeit gemacht, und das ist auch alles gut so. Aber ich will Ihnen was sagen: Ich lege Ihnen jetzt hier 500 Euro hin. Hier auf das Granitwaschbecken. Die können Sie entweder nehmen, oder Sie nehmen sie nicht und prozessieren gegen mich, aber Sie wissen ja, was ich von Beruf bin, dann werden Sie noch irgendwann den 500 Euro nachtrauern.«

Endlich lief meinem Chef der Kopf rot an. Seine Augen sprangen wild zwischen Claudius und Tamara hin und her. Er führte die Finger zu den Lippen. Ich stieß ihn an, und er ließ den Arm wieder sinken.

»Verstehen Sie mich nicht falsch«, sagte Claudius, »ich mag euch Handwerker. Ihr habt Wärme und Witz und seid pragmatisch und all das. Ich mag sogar den trockenen Humor und dass manche von euch – nun ja – so schön *einfältig* und *unflätig* erscheinen. Gott, was für ein tolles Anagramm!« Er lachte und berührte seine Frau an der Hüfte. »Aber Sie haben Ihre Arbeit nicht gut gemacht, so einfach ist das«, setzte er nach und wies in Richtung Kellertreppe, um uns rauszuschmeißen.

»Sie wissen ganz genau, dass ich meine Arbeit gut gemacht habe«, sagte mein Chef mit zusammengebissenen Zähnen.

Roosbek lächelte: »Darf ich Sie mal was fragen? Warum sind Sie eigentlich jeden Tag mit dem Fahrrad zu uns gekommen?«

»Ich habe keinen Führerschein mehr.«

»Und der Grund für Ihren ... äh ... Führerscheinverlust war welcher genau?«

»Habe ich meinem Spielfreund Ohlsen schon gesagt. Kann ich Ihnen auch sagen: *Durst.*«

»Ah. Alkohol?«, fragte Tamara Roosbek geistreich und wippte auf ihren Zehen.

Mein Chef sagte nichts.

»*Alkohol!*«, sagte Claudius Roosbek jetzt auch. »Na, das wird wohl nicht ganz leicht für Sie vor Gericht, hab ich recht?« Und dann wagte er sogar, meinem Chef die Schulter zu betatschen.

Mein Chef nahm Claudius' Hand ebenso behutsam, wie Claudius sie ihm auf die Schulter gelegt hatte. Er griff nach seinem Handgelenk, kippte es und quetschte ihm den Ellbogen.

Claudius jaulte laut auf, schrie nach seiner Frau und konnte sich nicht befreien. Tamara Roosbek sprang um uns herum. »O mein Gott!«, schrie sie. »Lassen Sie meinen Mann los, hören Sie sofort auf, Sie tun ihm weh!«

Mein Chef ließ Claudius Roosbek los und sagte: »Komm, Fansi, wir hauen ab. Ich hab keine Lust mehr auf die Arschlöcher hier.«

Er ließ die 500 Euro auf dem Waschbecken liegen und ging wortlos durch das Untergeschoss. Ich lief hinter ihm her, am Billardtisch vorbei, die Treppe hoch und raus aus dem Haus. Mein Chef ging wankend wie ein

Herbstbaum durch den Vorgarten. Ein sehr wütender Herbstbaum: »Ich bring ihn um!«, sagte er. »Ich mach ihn kalt, dem steck ich das Haus mit Brandpfeilen an, von mir aus gehe ich in den Knast dafür!«

»Wahrscheinlich hat er einfach VDD«, sagte ich zu ihm, um ihn zu beruhigen. Ich wollte nicht, dass ihm wieder eine Ader im Auge platzte.

»VDD?«, fragte er zornig.

»Na ja, die größte Geißel der westlichen Zivilisation«, sagte ich: »Unersättlichkeit, Selbstgerechtigkeit, Intoleranz, Aggression, Verleugnung und Heuchelei. Alles in einem schönen bunten Paket zusammengeschnürt. Wie bei Daberkow. Roosbek hat einfach dasselbe.«

»Ach Quatsch. Roosbek ist einfach ein Arschloch.«

»Vielleicht haben alle Arschlöcher VDD, vielleicht ist das die Arschlochkrankheit.«

Ich schlug das Tor zur Straße hinter mir zu und plapperte weiter auf meinen Chef ein, der wütend zum Wagen marschierte. Als wir im Fiorino saßen, sagte ich: »Ruf doch Daberkow an. Der schuldet dir doch eh noch was wegen der Nummer im Zeltlager damals.«

»Um was soll ich ihn denn bitten? Dass er sich die beiden vorknöpft?«

»Ja. Vielleicht hat er noch Kontakte und kann sie schröpfen oder so was. Oder ihr Konto einfrieren lassen.«

Mein Chef überlegte. »Weißt du, was?«, sagte er. »Du könntest nicht ganz unrecht haben. Vielleicht hat er für so Fälle wirklich noch ein Ass im Ärmel.« Zitternd wählte er Daberkows Nummer und stellte den Lautsprecher an, damit ich mithören konnte.

»Ja«, krächzte es sofort am anderen Ende der Leitung.

»Hajo, hallo. Ich bin's, Hieronymus.«

»Nein!«, sagte Daberkow, schwer atmend. »Hör mal, du hast dich ja gar nicht mehr gemeldet wegen des Barockbads!«

»Hajo, ich hab den Betrieb aufgegeben. Ich mach noch das Jahr zu Ende, dann geh ich in Frühpension. Ich werd Privatier. So wie du, quasi. Nur ohne verstecktes Geld.«

Daberkow lachte, und dann hörte man ein Schmatzen, von dem ich nicht genau sagen konnte, was es war.

»Ich hätte eine Bitte«, sagte mein Chef. »Wir bräuchten deinen Rat in einer gewissen Angelegenheit, und – äh – es geht um Geld.«

Am anderen Ende der Leitung wurde es ruhig. Dann sagte Daberkow: »Hieronymus, ich habe seit 3773 Tagen nichts mehr gemacht, das illegal oder von bösen Absichten getrieben wäre.«

»Glückwunsch«, sagte mein Chef.

»Um was geht's hier genau?«, fragte Daberkow.

»Jemand möchte meine Arbeit nicht bezahlen. Und ich habe das Gefühl, dass ich das nicht verdiene, ich hab die Schnauze voll.«

»Aha, ja, es geht dir ums Prinzip«, sagte Daberkow. »Das ist immer gut: Gerechtigkeit. Aber du musst auch mich verstehen: Ich war nie die eindimensionale Luxushure, die Leute in mir gesehen haben, gleichzeitig bin ich aber auch nicht der Antichrist der Finanzen, und ich will auch nicht mehr auffallen, falls du verstehst, was ich meine. Ich steh seit Jahren unter intensiver juristischer Beobachtung, für mich ist es am besten, wenn ich für immer von der Bildfläche verschwunden bleibe.«

»Dachte ich mir«, sagte mein Chef.

»Aber nun warte mal, ich will dir auch behilflich sein, du hast ja schließlich was gut bei mir. Wegen damals, im …«

»Im Zeltlager von der katholischen Jugend«, sagte mein Chef. »Ich weiß, Hajo. Aber hör mal zu. Hast du überhaupt 'ne Idee, was ich tun könnte?«

Daberkow schien ein bisschen überrumpelt, aber dann sagte er nüchtern: »Ich schick dir jemanden vorbei. Unten in deine Firma. Er heißt Georgi, er kann dir helfen.«

»Klingt nicht gut«, sagte ich leise zu mir selbst, und mein Chef warf mir einen strengen Blick zu.

»Moment, wer spricht denn da? Ist da noch jemand bei dir?!«, fragte Daberkow laut.

»Nur mein Mitarbeiter«, sagte mein Chef.

Daberkow beruhigte sich wieder. »Na gut«, sagte er. »Also, ist das abgemacht?«

»Ja, ist abgemacht«, sagte mein Chef. »Danke, Hajo.«

»Nichts für ungut«, sagte Daberkow. »Und lass mich wissen, ob das demnächst mit dem Bad klappt. Hat keine Eile, muss nicht mehr vor deinem Dasein als Privatier sein, aber vielleicht machst du's mir im Frühjahr, schwarz.«

»Ja, ich melde mich noch mal bei dir.« Mein Chef wirkte verunsichert.

»Warum so zögerlich?«, sagte Daberkow. »Hieronymus, ich bin kein Führer eines internationalen Verbrecherkartells mit Hauptsitz in Panama oder so. Tu mir den Gefallen. Es ist ein Königsbad.«

»Ist okay, Hajo. Bekommen wir hin.«

»Sauber«, sagte Daberkow. »Bis bald. Und grüß mir Georgi.«

Er legte auf.

Mein Chef kratzte sich mit seinen Fingerstumpen an der Wange.

»Mach das nicht«, sagte ich. »Lass dich nicht darauf ein.«

»Warum nicht?«

»Klingt nach Gewalt.«

»Könnte aber helfen«, sagte er.

Ich schüttelte den Kopf: »Ich glaube nicht.«

»Du hast mich doch erst auf die Idee gebracht«, sagte er.

»Ja, aber ich hab an was Subtileres gedacht, doch nicht an irgendeinen Russen, der ihm die Finger bricht. Und außerdem hat er das mit Panama so gesagt, als sei er eben *doch* der Boss eines Verbrecherkartells.«

»Ist mir egal, jetzt ist's zu spät. Jetzt kommt Georgi.«

Ich wischte mit dem Ärmel meiner Jacke kleine Löcher in die beschlagenen Fensterscheiben. Langsam schwappten dicke Nebelschwaden über den Berghang, so wie sich die Barbaren vor zweitausend Jahren am selben Ort ins Genick der Römer geschwungen hatten.

»Jetzt ist der Sommer aber wirklich vorbei«, sagte ich mit Blick in den Himmel.

»Und der Spaß auch«, sagte mein Chef mit Blick zum Horizont.

14

Das Wetter war zuletzt so schlecht geworden, dass ich mich nach der Uni regelmäßig mit meinem Chef ins Kabuff setzte. Er erzählte mir Geschichten aus seinem Arbeitsleben, und ich blies Rauch zu ihm rüber. Ich war ihm das schuldig. Außerdem hatte ich sonst nichts zu tun, die Gespräche mit den Typen aus *Elektrotechnik Grundlagen* waren nicht sonderlich erhellend.

An einem dieser frühen Abende im Advent stand plötzlich Georgi tropfend in der Werkstatt. Wir schoben ihn schnell ins Kabuff und drückten ihm ein Bier in die Hand. Er zog seine Zigaretten aus der Brusttasche, und wir fragten ihn, woher er Daberkow eigentlich kannte.

»Ich habe ihn gejagt für die Million, die die Gläubiger damals auf ihn ausgesetzt hatten«, sagte Georgi. »Und ich hab ihn gefunden.« Er zuckte mit den Schultern, als sei das nichts Besonderes. Georgi trug eine ausgeblichene Baseballkappe und einen Latzhosenblaumann. Er hatte Blumenkohlohren, und sein Gesicht zeigte fast keine Regung. Mir kam er sofort wie ein emotionsloser Schläger vor.

»Lass mich raten«, sagte ich. »Er hat dir einfach mehr als 'ne Million versprochen, wenn du ihn nicht verrätst.«

»Ja«, sagte Georgi nüchtern.

»Und wer war damals dein Auftraggeber?«, wollte ich wissen.

»Oligarch ›Nummer 3‹.«

Mein Chef und ich hatten keine weiteren Fragen. Und Georgi sprach sowieso von allein: »Ich bin übrigens kein Russe, falls ihr das glaubt. Georgi haben sie mich nur getauft, weil ich mit den Russen Geschäfte gemacht hab. Ich komm aus Neu-Anspach.«

Ehrlich gesagt sah er einem Russen auch nicht im Entferntesten ähnlich. Er hatte einen dicken roten Kopf mit abstehenden Ohren wie die Apfelbauern hier.

»Und wie heißt du wirklich?«, fragte ich.

»Georg«, sagte Georgi. »Schorsch.«

»Und was ist passiert, als du das Geld dann hattest, Schorsch?«, wollte ich wissen.

»Ich will Georgi genannt werden«, sagte er und schaute mich eindringlich an, während er einen Schluck von seinem Bier nahm. »'ne Million ist nicht viel, ich hab dann ziemlich schnell alles verspielt und versoffen und meinen Freundinnen Schmuckstücke gekauft. Ich hab nur zwei Jahre gebraucht, um alles wieder loszuwerden. Und jetzt bin ich hier gestrandet und mache Oberflächenveredelung für Rubens Galvanik.«

»Du arbeitest für Rubens Galvanik?!«, rief mein Chef.

»Ja, aber das reicht nicht für Luxus. Manchmal verdiene ich mir deshalb was nebenbei, als Geldeintreiber.«

Mein Chef und ich schauten uns stumm an.

»Ich weiß schon von Daberkow, dass es hier um Kleinstbeträge geht, aber ich verstehe etwas von Ehre«, sagte Georgi. »Und vom Handwerk.«

Ich nahm drei neue Bier aus dem Kühlschrank, und wir prosteten uns zu. Wenn sich einer die Roosbeks vorknöpfen konnte, dann Georgi.

Als wir ein bisschen Stimmung ins Kabuff gebracht hatten und sich in Georgis Gesicht die ersten Regungen zeigten, wollte dieser sofort über das Firmenfestnetz bei Roosbeks anrufen, um denen einen ersten Schreck einzujagen, aber mein Chef hatte schon vor ein paar Wochen das Telefon abgemeldet.

»Ruf sie doch über dein Handy an«, sagte er und kritzelte ihm die Nummer auf einen Notizblock.

»Haben die Kinder?«, fragte Georgi und tippte irgendwas an seinem Telefon rum.

»Ja, einen Sohn«, sagte ich. »Und stell es auf laut, wir wollen mithören.«

Als Roosbek ans Handy ging, sagte Georgi, ohne zu zögern: »Uns gefällt die neue Windjacke von Ihrem Sohn.«

Am anderen Ende knarzte es kurz, dann hörte man ein gepresstes Ausatmen. »Was wollt ihr?«, fragte Roosbek.

»Wir wollen, dass Sie Ihre Handwerkerrechnungen zahlen. In unserer Gruppe arbeiten circa dreißig Leute mit einem Vorstrafenregister, das nicht zu verachten ist, Totschlag inklusive. Wenn Sie Interesse haben, können Sie sie gerne kennenlernen. Obwohl, daran haben Sie eigentlich gar kein Interesse, oder? Viel lieber würden wir Ihr Kind kennenlernen.«

Mein Chef nahm Georgi das Handy ab und legte auf. In seinem Auge war wieder eine Ader geplatzt.

»Das geht zu weit«, sagte er.

»Anders zahlen sie nicht«, sagte Georgi und zuckte mit den Schultern.

»Aber wir können ihnen doch nicht damit drohen, ihrem Kind etwas anzutun!«

»Wieso nicht?«

»Der Sohn ist gar nicht in Deutschland!«

»Na und? Wir sind wirklich eine Gruppe und haben überall Leute.«

Mein Chef stürzte fluchend aus dem Kabuff. »Das geht alles schief, das geht schief«, rief er.

»Entschuldigung«, sagte Georgi zu mir. »Schuld, Reue, Angst – ist mir alles fremd. Ich mach alles. Wenn es Grenzen gibt, okay. Sagt mir einfach, was ich machen soll.«

»Jag ihm einen Schreck ein«, sagte ich. »Hol ihn von der Arbeit ab und geh mit ihm am Main spazieren.«

Er bellte: »Und was soll das bringen?«

»Du allein bist doch schon Drohung genug«, sagte ich. »Schau dich an.«

Er zwinkerte mir zu und ein Goldzahn glänzte: »Stimmt!«

»Aber vielleicht solltest du was anderes dafür anziehen«, sagte ich.

»Wieso das? Was ist nicht in Ordnung mit dem, was ich anhab?«

»Na ja, vielleicht hat Roosbek mehr Angst, wenn du nicht im Latzhosenblaumann bei ihm auftauchst.«

Er packte mich am Kragen meiner Jacke, und sofort bereute ich meine besoffene Distanzlosigkeit.

»Was willst du?«, fragte er. »Den Killer oder den Dressman?«

Mein Chef kam zurück in die Kabine und unterbrach uns. »Vielleicht ist das ja schon genug«, rief er und setzte sich, »die zahlen bestimmt.«

Im selben Moment schlug vorne die schwere Werkstatttür zu, und wir zuckten zusammen. Eine Sekunde später stand Bashkim im Kabuff und redete sofort drauflos. »Ich glaub, ich bau den hinteren Zylinder ab. Das Ding fährt dann trotzdem noch. 'ne Harley ist so geil, die fährt sogar mit einem Zylinder«, sagte er.

Georgi starrte Bashkim wie ein Gespenst an. »Wer ist das?«, fragte er.

»Das ist Bashkim«, sagte ich. »Er ist cool. Ist ein Freund von uns.«

Bashkim öffnete den Mund, zog die Augenbrauen zusammen und zeigte auf Georgi. »Moment mal«, sagte er. »Ich glaub, wir haben uns mal oben am Hähnchenstand gesehen, kann das sein?«

»Kann gut sein«, sagte Georgi unbeeindruckt.

Bashkim starrte Georgi an, als sei das mit dem Hähnchenstand etwas Bemerkenswertes, dabei stand dort während der Mittagspause manchmal das halbe Industriegebiet Schlange. Er setzte sich zu uns und steckte sich eine Kippe an. Jetzt rauchten alle bis auf meinen Chef, der manchmal die Augen schloss und tief inhalierte.

»Hast du dich mit Daberkow gut verstanden?«, fragte Bashkim Georgi.

»Er ging mir auf den Sack.«

»Wieso?«

»Er hat pausenlos von Short-Selling und Schwarzmarkt geredet. Und von ›festen, hohen Titten‹. Die ganze Zeit. Was geht mich das an?«

»Hast recht«, sagten wir.

Wir rauchten ein bisschen vor uns hin und nahmen kleine Schlucke aus den Bierflaschen. Ich musste nur

nach rechts greifen, ohne aufzustehen, um die Kühl-
schranktür aufzuziehen. Und Georgi, der während des
Trinkens schnell zu unserem Freund wurde, musste
sich nicht mal nach vorne beugen, um den Bierkasten
zu berühren, aus dem er mir regelmäßig neue Flaschen
zum Kühlen anreichte.

Der Regen wurde stärker und trommelte auf das
Dach der Werkstatt. Über unseren Köpfen hing blass-
blau der Zigarettendunst. Plötzlich durchfuhr mich die
komplette Erschöpfung der vergangenen Monate. Meine Kündigung bei Hieronymus Bosch, die Montage für
Perugino in Paris, das Studium und der Stress mit den
Roosbeks. Obwohl mich diese Gedanken erschöpften
und ermüdeten, wusste ich, dass ich heute Nacht nicht
würde schlafen können. Ich schaute Bashkim an und
meinen Chef und Georgi. Sie waren genauso müde wie
ich. Und wahrscheinlich, dachte ich, war Kira auch
müde.

Mein Chef sagte: »Wisst ihr, was das Schlimmste
war?«

Dann erzählte er noch einmal die Geschichte von der
Grundsteinlegung bei den Roosbeks: »Sie haben einen
Pfarrer dabeigehabt, der eine Messe gelesen hat. Für das
Haus und seine Besitzer. So sind die drauf! Lassen sich
den Pfarrer aus dem Ort kommen und eine Messe abhalten, und dann bezahlen sie mich nicht. Und ohne
jeden Grund! Nur weil der Typ Rechtsanwalt ist und
ich keine Chance habe vor Gericht.«

Da sagte Georgi, er könne sie ja auch erschießen, und
wir lachten, aber Georgi lachte nicht, sondern holte eine
Knarre aus seinem Rucksack heraus. »Keine Angst«,

sagte er. »Das ist eine Smart Gun. Sie funktioniert nur zusammen mit einer digitalen Armbanduhr.«

Wir runzelten die Stirn. Er saß da mit erwartungsvollem Gesichtsausdruck und der Pistole in der Hand.

»Und wo ist die Uhr?«, fragte ich vorsichtig.

»Ich habe keine«, sagte er und schob den Ärmel seines Pullovers nach oben.

»Und …«, sagte Bashkim genauso zögerlich, »… wie funktioniert sie dann?«

»Ich zeig es euch«, sagte er, nahm seinen Rucksack und stand auf. Wir blieben sitzen und winkten ab. Georgi war schon ein Stück durch die Werkstatt gelaufen und drehte sich zu uns um. »Was ist?«

»Du willst den Roosbeks doch nicht *damit* kommen, oder?«, fragte mein Chef. »Das möchte ich nun auch wieder nicht.«

»Nein, ist nur zum Spaß, wir können ein bisschen draußen schießen«, sagte er. »Hier ist doch Industriegebiet, juckt doch keine Sau.«

Ich hatte ein starkes Déjà-vu. So wie Georgi das sagte, »juckt doch keine Sau«, hatte ich vor kurzem schon einmal jemanden sprechen hören. Es klang egoistisch und skrupellos.

Mein Chef konnte nicht nein sagen, er hatte Angst vor Georgi. Er ging vor, und wir folgten ihm durch sein chaotisches Büro in den Garten. Es war saukalt. Der Regen hatte eine Eisschicht auf allen Werkzeugen gebildet, die unter freiem Himmel lagen. Vom großen Walnussbaum tropfte es.

»Worauf schießen wir?«, fragte ich zitternd.

»Auf leere Flaschen«, sagte Bashkim und stellte eine auf den klapprigen Grill am Lagerfeuer.

»Und jetzt? Wie schießt man mit dem Teil ohne diese Uhr?«, fragte mein Chef.

»Ich brauche Licht«, sagte Georgi.

Mein Chef wankte zur Hauswand und drückte auf einen Schalter. Ein Flutlicht ging an und beleuchtete den Garten. Georgi durchwühlte seinen Rucksack und holte ein Päckchen mit Patronen heraus. Er lud die Pistole und gab sie meinem Chef.

»Drück mal ab«, sagte er.

Mein Chef zielte auf die Bierflasche und betätigte den Abzug, aber es klickte nur trocken.

»So«, sagte Georgi. »Und jetzt nimmst du diesen Magneten hier und hältst ihn ungefähr auf *dieser* Höhe an die Pistole.«

Mein Chef nahm mit der freien Hand den Magneten, den Georgi ihm gab, und hielt ihn zwischen Hahn und Griff. Er wendete den Blick zu uns, dann wieder zur Bierflasche. Dann drückte er ab, und die Flasche zersprang in tausend Teilchen.

Wir grölten alle vier vor Begeisterung. Es kam einfach so aus uns heraus. Und dann wollten auch Bashkim und ich schießen. Ich holte ein paar leere Flaschen aus dem Kabuff und auch ein paar volle. Wir stießen an.

Der Lärm, den wir machten, unterschied sich gar nicht großartig vom Lärm aus der Metallfachschule, die hintern Garten lag und in der die angehenden Meister gerade ihr Zeug vom MAG-Schweißen oder so wegräumten.

»Ich muss pinkeln«, sagte Bashkim, während wir anderen weiter auf die Bierflaschen schossen, und rannte ins Gestrüpp.

»Nicht da, wo wir hinschießen, Bashkim«, sagte mein Chef.

»Hört doch einfach kurz auf«, sagte er.

»Machen wir auch, aber geh trotzdem woandershin.«

»Dauert doch nicht lange, bin gleich zurück«, sagte er.

Georgi hatte wohl nicht mitbekommen, dass Bashkim im Gestrüpp verschwunden war, und schoss weiter, während Bashkim brüllte, dass wir aufhören sollten, weil etwas direkt neben ihm durch die Büsche gerauscht sei.

»Hör auf, Georgi!«, schrie ich.

Georgi gab noch einen letzten Schuss ab.

»Georgi!«, rief ich in die Stille zwischen Schuss und Bashkims Schrei.

Wir riefen nach Bashkim, fragten, ob er in Ordnung sei. Bashkim gab keine Antwort.

»Bashkim!«, riefen wir.

Stille.

Vorsichtig gingen wir um das Munitionskistenhaus herum, das steif gefrorene Gras durchweichte unsere Turnschuhe. Und da saß er. In einer dunklen Ecke im Gestrüpp. Er hockte auf dem Boden und hielt sich mit beiden Händen den linken Oberschenkel. Zwischen seinen Fingern schoss ohne Ende Blut hervor.

»Ihr habt mich getroffen«, sagte er.

Er war ganz bleich, er sah fast aus wie der Bashkim, der am Flughafen über seine Träume gesprochen hatte.

Wie er auf das unsichtbare Ding aus Aluminiumblech zulief und dann jedes Mal aufwachte. Das Blut war sehr rot, und es quoll einfach immer weiter zwischen seinen Fingern hervor. »Ihr habt bestimmt eine Hauptschlagader durchtrennt«, sagte er.

Als Georgi Bashkim so bluten sah, flippte er vollkommen aus. Er rannte zum Gartenzaun und versuchte drüberzusteigen. Als er merkte, dass er es nicht schaffte, ließ er sich einfach fallen und drückte mit seinem Körpergewicht den Zaun platt. Die Pistole rutschte ihm dabei aus der Hand und landete im Dreck. Er stand auf, griff nach der Knarre, rutschte wieder aus und fiel in die ausgemusterten Gartenmöbel von Hieronymus, die hinterm Zaun im Brombeergestrüpp standen. Er raffte sich zum zweiten Mal auf, warf sich den Rucksack über die Schultern und rannte durch das Gestrüpp und auf die Straße und nach oben ins dunkle Industriegebiet.

»Was war *das* denn?«, sagte mein Chef unbeeindruckt und ging in die Werkstatt.

»Chef, wo gehst du hin?«, rief ich hektisch.

»Ich komm gleich wieder«, sagte er. Er konnte kein Blut sehen, aber blutete selbst mindestens einmal die Woche: Platzwunden und Leiterstürze, verbranntes Fleisch, Splitter im Augapfel, zwischen Eisenrohren oder Pflastersteinen zerquetschte Zehen.

Ich holte mein Telefon raus und wollte einen Krankenwagen rufen, aber Bashkim begann davonzukrabbeln, also half ich ihm lieber hoch.

»Scheiße«, sagte er. »Fahrt mich einfach so schnell wie's geht in die Unfallklinik.«

»In die BGU?«, fragte ich. »Da arbeitet Kira.«

Ich stand unter Schock. Ich hakte Bashkim unter und ging mit ihm durch den Garten und um die Werkstatt herum zum Fiorino. Es blutete tatsächlich ziemlich schlimm. Ich setzte Bashkim auf den Beifahrersitz, mit dem er sofort verschmolz. »Es tut nicht weh«, sagte er. »Es wäre wahrscheinlich besser, wenn es wehtun würde. Oje, ich *wünschte*, es würde wehtun.«

Mein Chef stand im Garten und rief nach uns. »Beim Fiorino!«, schrie ich zurück. Als er da war, schaute er Bashkim ins Gesicht. Er schaute nicht auf das Blut, er konnte es nicht, ohne ohnmächtig zu werden.

»Wenn es nicht bald wehtut, dann sterbe ich«, sagte Bashkim zu meinem Chef.

Ich berührte Bashkims Kopf von der Fahrerseite aus.

»Sie haben mich auf dem Gewissen«, sagte Bashkim zu meinem Chef. »Hätten Sie nicht diesen Georgi angeschleppt, dann … Warte mal, was soll das?«

Mein Chef fummelte mit seinen fingernagellosen Händen an einer Rolle Panzerband herum und ärgerte sich über seine Fingerstumpen.

»Warte! Was soll das?«, sagte Bashkim noch mal.

»Ich rette dir das Leben«, sagte er. »Zieh die Hose aus.«

»Ich kann nicht«, sagte Bashkim.

»Doch!«, sagte er. Aber er hatte keine Geduld und nahm einfach das Panzerband und wickelte es Bashkim, so fest er konnte, über die Jeans um den Oberschenkel. Dann schlug er die Beifahrertür zu, klappte die Sitzbank um, stieg ein und rief: »Fahr los, Fansi!«

Ich drehte den Zündschlüssel um und gab Vollgas. An der ersten Kreuzung kam von links ausgerechnet ein

Krankenwagen, und Bashkim schrie: »Halt den doch an! Halt den doch an, Fansi!«

»Ach, Bashkim. Bis ich das geschafft habe, sind wir selbst in der Notaufnahme, der macht doch auch nichts anderes, als dich da hinzukarren.«

Wir fuhren erst an der Galvanisierungsfabrik, dann am Hähnchenstand vorbei. Raus aus dem Industriegebiet und auf die Autobahn nach Frankfurt.

»So schlimm blutet es auch nicht«, sagte ich, um Bashkim zu beruhigen. »Kira hat mir mal erzählt, wie eine Frau zu ihr in die Notaufnahme gekommen ist – allerdings eine recht dicke Frau –, weil sie sich auf eine Toilette von einem Billighersteller gesetzt hat, so ein Klo von SensoWash oder Simona, egal, jedenfalls so ein Billigteil. Da sollte man nicht sparen, wissen wir ja. Auf jeden Fall hat sich die Frau auf ihr Billigklo gesetzt, und das ist hinter ihr aus der Wand gerissen und mit ihr zusammen auf den Boden gefallen und in drei Teile zersprungen. Dabei hat ihr eins dieser Teile wirklich die Oberschenkelschlagader aufgeschnitten, und die Frau ist dann im Schockraum verblutet. Das war übel, da war echt schnell Schluss. Und deshalb heißt es ja auch ...«

»›Wer billig kauft, kauft doppelt.‹ Oder gar nicht mehr«, sagte mein Chef.

»Richtig«, sagte ich.

Bashkim stöhnte.

Ich fuhr auf den Parkplatz neben der Notaufnahme und hechtete aus der Karre. Mein Chef schnallte Bashkim ab, der halb ohnmächtig im Gurt hing. Wir nahmen ihn in unsere Mitte und schleppten ihn zum Eingang.

Die automatische Schiebetür aus Glas öffnete sich. Die Frau am Empfang sah einen alten humpelnden Mann mit grauen Löckchen, einen blutverschmierten, halbohnmächtigen Mann Mitte zwanzig, dessen Bein in Panzerband gewickelt war, und einen dritten Mann, der fast blasser war als der Halbtote neben ihm. Sie griff zum Telefon, drückte auf eine Taste, und ich glaubte, mich zu verhören, als sie sagte: »Captain, sofort in die Wundversorgung kommen!«

Eine Minute später schmiss Kira die Tür auf und kam mit drei anderen Schwestern auf uns zu.

»Feierabend?«, fragte sie und schaute dabei nur mich an.

»Ja, Captain«, sagte ich und war verliebt.

»Was?! Was?!«, sagte Bashkim, der kurz aus seiner, wie ich glaubte, gespielten Ohnmacht aufwachte.

Kira und ihre Crew legten Bashkim auf eine Liege und schoben ihn davon. »Sollen wir den Schockraum bereit machen?«, fragte eine Krankenschwester.

Kira sagte: »Quatsch, den braucht der nicht.«

Und Bashkim sagte noch einmal: »Was? Was ist?« Dann verschwand der Trupp wieder hinter der Tür, durch die er gekommen war.

Mein Chef und ich wussten uns nicht anders zu helfen, als nach draußen zu gehen und ein Parkticket für den Fiorino zu ziehen. Wir stellten uns unter die Markise eines Kiosks in der Nähe, und es begann zu schütten. Wir mussten immer weiter von den Stehtischen unter dem Schutzschirm an die Verkaufsregale rücken, weil der Eisregen von allen Seiten kam.

Wir tranken keinen Alkohol.

Der Kioskbesitzer erfüllte wortlos unsere Wünsche, weil wir quasi mit Blut überströmt waren. Aber wir konnten nicht darüber lachen, uns war nicht nach Lachen zumute. Mein Chef fragte mich nach Kira, doch ich gab ihm nur kurze Antworten. Ich vermisste ihre rauen Hände.

Dann rätselten wir, was Georgi dazu veranlasst haben konnte, uns diese Smart Gun zu präsentieren. Aber es war egal, es war absolut müßig, darüber nachzudenken. Wenn wir ihn bekommen wollten, dann würden wir ihn bekommen, wenn nicht, dann nicht, darum ging es gar nicht. Schließlich war es ein Unfall, und der hätte Bashkim auch bei dem Tulpenstrauß in Paris zustoßen können. Wahrscheinlich wünschte er sich gerade sogar, so ein Unfall wäre ihm mit dem Blumenstrauß passiert und nicht beim Trinken im Garten.

Nach zwei Stunden im gefrierenden Regen schickte mir Bashkim eine Nachricht. Wir schwankten zurück in die Klinik und suchten ihn. Er lag mit verbundenem Bein in einem Zimmer und war ziemlich blass.

»War doch nicht so schlimm«, sagte er.

»Wie, was?«, sagte ich. »Wie kann es doch nicht so schlimm gewesen sein?«

»War keine Arterie oder so«, sagte er. »Ist durch den Oberschenkel, aber nur hier unten durchs Fleisch.« Er schwabbelte mit der Hand seinen unverletzten Oberschenkel.

»Und weiter?«, fragte ich.

»Na ja, ich habe denen irgendwie nicht ganz verklickern können, dass es keine Kugel war, die mir durchs Bein gejagt wurde«, sagte er.

»Ja, natürlich nicht«, sagte mein Chef.

»Ist die Polizei unterwegs?«, fragte ich.

»Die wird sich bei mir melden, denke ich mal. Spätestens wenn ich hier wieder raus und zu Hause bin«, sagte er.

Wir glotzten ihn an.

»Keine Sorge, so richtig geschockt waren die gar nicht. Es gibt ja auch kein Projektil mehr.«

»Die Kugel ist *durchs* Bein gegangen?«, fragte mein Chef.

»Ja, sie haben's gleich geröntgt, und es hat ja auch auf zwei Seiten geblutet.«

»Echt?«, sagte ich. »Georgi hat dir durchs Bein geschossen?«

»Ja«, sagte Bashkim. »Ich konnt's auch nicht glauben, aber ich hab dann auch aufgehört, einen auf ohnmächtig zu machen, als ich das Gefühl hatte, dass ich in guten Händen bin. Und Kira ist da mit so einer Zange rein – viele Grüße, übrigens.«

»Danke«, sagte ich.

»Und da war nichts mehr im Bein. Keine Reste oder so«, sagte er. Dann druckste er ein bisschen rum. »Allerdings haben sie mir meine Geschichte nicht abgekauft.«

»Welche Geschichte?«, fragte mein Chef.

»Ich hab erzählt, dass ihr mir nach Feierabend bei meinem Motorrad geholfen habt und dass es ein Arbeitsunfall war. Dass wir am Amboss mit einem schweren Hammer auf einen anderen schweren Hammer eingeschlagen haben und dass dann ein glühendes Metallteil von einem der Hämmer abgeplatzt und durch meinen Oberschenkel diffundiert ist. Sie wollten wissen, warum man mit einem Hammer auf einen Hammer einschlagen sollte, aber als ich ihnen dann mit ›Finne‹ und ›gezielten Schlägen‹ und ›Schmiedehämmern‹ kam, hat niemand mehr richtig zugehört.«

Wir ließen die Köpfe hängen. »Die Bullen kommen auf jeden Fall«, sagte ich.

»Glaube auch«, sagte Bashkim. »Aber ich zieh euch in die Nummer nicht rein, macht euch mal keinen Stress.«

»Okay«, sagten wir.

»Und jetzt könnt ihr mal abhauen, bitte«, sagte er. »Ich hab die Schnauze voll für heute.«

Ich trat noch einmal an sein Bett und warf ihm ein paar Spielzeuge für Kinder auf die Decke, die wir am Kiosk gekauft hatten. Ich schnippte ihm mit dem Finger an sein gesundes Bein, und dann verabschiedeten wir uns.

»Melde dich, wann immer du willst, Mann«, sagte ich.

Bashkim winkte erst ab, dann winkte er.

Am nächsten Tag brachte ich Bashkim einen Tulpenstrauß mit elf Tulpen ans Bett.

»Die fehlende zwölfte?«, sagte er.

»Für die Opfer, die wir bringen«, sagte ich.

Und dann rauchten wir heimlich am Fenster.

15

Die Pizzeria war voll bis in die letzte Ecke.

Bashkim ließ drei schwache Fürze hintereinander fahren. Er musste Hans-Jochen und Hans-Robert erklären, wie er sich in der Notaufnahme aus der Nummer mit Georgi herausgeredet hatte.

»Ich hab denen Scheiße erzählt«, sagte Bashkim.

»Dabei ist das realistisch«, sagte Hans-Robert. »Mir ist auch mal so was passiert am Amboss. Nehmt immer Schmiedehämmer, Jungs. Sonst zischen euch die heißen Metallteile um die Ohren.« Er fummelte sich vor versammelter Mannschaft am Gürtel rum, ließ seine Hose runter und zeigte uns eine Narbe am Oberschenkel.

»Na also«, sagte Bashkim.

Bashkim humpelte immer noch, aber er war gut drauf, schließlich hatte er zwei Wochen Urlaub nehmen können. Der Rechtsstreit bei Perugino, der sich mit den Schäden an den Muschelkalkfundamenten in Paris befasste, nahm weiter seinen Lauf. So wie es aussah, hatte auch Perugino Probleme damit, an ihr restliches Geld zu kommen. Aber beim Kampf Koons gegen Perugino war Bashkim jetzt erst mal fein raus.

Dass niemand nach dem verschollenen Projektil fragte, war Kiras Verdienst gewesen. Sie hatte mir am Abend nach den Schüssen geschrieben, dass sie den Verdacht, der in ihrem Kolleginnenkreis kursierte, aus dem Weg räumen konnte, indem sie ihnen von unseren Unfallakten berichtete. Kira hatte uns gerettet.

Mein Chef hatte aus Angst trotzdem die letzte große Weihnachts- und zugleich Abschiedsfeier der Firma sausen lassen wollen, doch schließlich konnte ich ihn noch überreden, und nun saßen wir schon seit 13 Uhr bei Franco im hinteren Raum der Pizzeria Pisa. Draußen war es dunkel, und wir hatten so viele Bierstriche auf dem Zettel, dass Franco vor einer Stunde eine Zwischenkalkulation durchgeben musste, die sich auf 165 kleine Pils summierte.

Zur letzten Firmenfeier waren fast alle aufgetaucht, mit denen unser Chef in den letzten zwanzig Jahren zu tun gehabt hatte. Ich kannte nur wenige der Leute, ständig schoben sich Neue in die Pizzeria, während sich andere verabschiedeten. Mein Chef stellte mir alle vor, er hatte für jeden von ihnen einen Spitznamen: Jenny, Grinsi, Matjes, Bommi, He-Man, Fio und so weiter. Und natürlich war auch Meuer angetanzt.

Auf dem Tisch standen zwei Dutzend Biergläser mit unterschiedlichen Füllständen. Irgendjemand hatte nachlässig wie ein kleines Kind Risotto mit Champignons und Erbsen gegessen, zwischen den Resten lagen angebissene Pizzastücke mit Sardellen und doppelt Peperoniwurst herum, ein mit Schinken und Käse überbackenes Schnitzel in Hackfleischsoße wurde gerade an einen Nachzügler serviert, und es stank.

Der Neuankömmling hatte lange Haare, einen Ohrring und eine fehlende Augenbraue. Er lachte laut, wenn ihm jemand etwas erzählte, aber es war ein unnatürliches Lachen, bei dem er seinen ganzen Oberkörper erst nach vorne und dann nach hinten beugte. Bei seinem Anblick gruselte es mich.

»Wer ist das?«, fragte ich meinen Chef und nickte zum Gruselwusel rüber.

»Das ist mein erster Lehrling, Dirk Volkmann. Ich musste ihn rausschmeißen, weil er mir mal mein Bastelgold geklaut hat. Aber ihm scheint's jetzt einigermaßen gut zu gehen, auch wenn's auf den ersten Blick vielleicht nicht so aussieht. Jedenfalls besser als meinem zweiten Lehrling, der ist vor fünf Jahren in seiner Gartenlaube erfroren.«

Meinem Chef war am frühen Morgen wieder vor Aufregung eine Ader im Auge geplatzt. »Damit ist bald Schluss«, sagte er. Er hatte säckeweise Tischfeuerwerk gekauft und über dem Tisch ausgeschüttet. Überall flogen kleine Plastikkapseln herum, die man mit einer kleinen Schnur in die Luft sprengen konnte, indem man an ihr zog. Heraus kamen Gedärme von Papierschnüren, die sich auf den Essensresten und in den Biergläsern verteilten.

Meuer nahm die abgeschossenen Kapseln in den Mund und spuckte sie quer über den Tisch, er versuchte, Bashkim und mich zu treffen.

»Meuer!«, rief Bashkim. »Hör mal auf, Mann, du triffst hier die Leute damit!«

»Meuer, Mann«, sagte ich.

Ein paar andere schauten schon und hoben die Augenbrauen. Aber Meuer spuckte immer weiter. Ein Kind schaute neugierig über den Rücken der Holzbank um die Ecke, und Meuer spuckte dem Kind eine Plastik-kapsel gegen den Kopf. Das Kind verschwand. »Scheiße, Meuer«, sagte ich. Er zuckte mit den Schultern.

Der Vater des Kindes stand auf, als das Kind heulte. Es versuchte, mit Rotznase zu erklären, was passiert war: »Und dann ... und dann ... und dann ...«

Der Vater stellte sich an unseren Tisch, und es war Ruhe. »Wer hat meinem Sohn dieses Plastikteil an den Kopf geworfen?«, fragte er. Alle schwiegen. Meuer schaute auf die verstreuten Erbsen.

Der Typ war riesig und hatte große Tellerhände und einen dicken bauernsoliden Nacken, wie man ihn in unserer Gegend so kannte. »Ich frage nicht noch mal«, sagte er.

Bashkim und ich schauten uns an. Wir wollten Meuer nicht verpetzen, der würde draufgehen. Aber selbst wollten wir uns auch nicht opfern.

Nach ein paar Sekunden meldete sich mein Chef: »Ich war's.« Seine letzte edle Aufopferung als Arbeitgeber. Ausgerechnet für Meuer.

»Dann kommst du jetzt mit«, sagte der Vater. »Wir regeln das vor der Tür.«

Mein Chef stand ohne Widerworte auf.

»Wo sind wir denn hier?«, rief ich laut, während er sich durch die Sitzbank an seinen alten Gesellen, den Meistern und Lehrlingen vorbeidrückte. Alle schauten mit großen Augen zu, wie ihr alter Chef zur Strafe antrat. Ich hielt ihn am Arm fest, aber er sagte: »Ist schon in Ordnung, Fansi.«

Nur Meuer, der am Tischende saß, ließ ihn nicht vorbei. Meuer stand auf und drückte Hieronymus auf die

Sitzbank zurück, wo er mit seinen unschuldigen Augen alle am Tisch anblickte.

»Ich mach das schon«, sagte Meuer leise.

Meuer ging zum Apfelbauern und griff nach seiner Apfelbauernhand. »Ich hab es nicht geworfen, ich hab es gespuckt«, sagte er. Er drehte die Hand des Bauern, dann griff er nach dessen Ellbogen und quetschte ihn. Der Bauer fing an zu schreien und ließ sich von Meuer zurück an seinen Platz führen, wo er sich hinsetzte und Meuer mit verkniffenem Gesicht, fast flehend, ansah. Meuer ließ ihn los und kam zu uns zurück. Mir standen fast die Tränen in den Augen.

»War also etwa doch nicht alles vergebens?!«, rief mein Chef laut und klopfte Meuer auf den Rücken. »Kennst du den Trick noch aus der Lehrzeit?«

»Ja«, sagte Meuer.

Und alle stimmten mit ein und zeigten sich jetzt gegenseitig noch mal den Trick, den sie bei ihrem Chef gelernt hatten und den dieser auch bei Claudius Roosbek ausgeführt hatte. Wir lachten und riefen im Chor: »Handgelenk greifen! Kippen! Ellbogen quetschen!«

Meuer grinste mit trüben Augen vor sich hin. Durch das Aufleben der Stimmung bekam ich einen Anflug von Größenwahn, stand auf und rief: »Die Bauern sind nicht das Problem!«

Alle schauten mich an.

»Das Schlimmste ist, wenn sie oben bei uns wohnen und unten in der Stadt viel Geld verdienen und gar nicht wissen, was es bedeutet, ein Bauer zu sein, wie ein Bauer zu sprechen, wie ein Handwerker zu scheißen, wie eine Einzelhändlerin sich über Wasser zu halten, wenn sie nicht wissen, wie es ist, jahrelang gegen etwas anzukämpfen, wie es ist, wenn einem Geld im Grunde egal ist, und wie Gemeinschaft funktioniert, wie Familie funktioniert, wie Freunde funktionieren und was wahre *Hilfe* ist. Sie wissen nichts davon.«

Alle nickten zustimmend.

»Sie kaufen das größte Auto, das sie finden können, und stellen sich damit auf die Behindertenparkplätze, und sie lassen den Motor laufen und warten auf ihre Kinder im Schwimmbad, damit die sich auf dem Nachhauseweg nicht erkälten, und sie stehen quer über drei Parkplätze und rümpfen ihre Nasen und ZAHLEN UNS NICHT! Diese ganzen Häuser, in denen es Mode ist, unglücklich zu sein, überall sind es die gleichen Klötze, und auf dem Rasen gibt es nichts, nur diese hässlichen Trampoline für Kinder mit Sicherheitsnetz. Und sie bringen sich nicht ein, sie gehen nicht raus, sie unterstützen in ihrem Ort niemanden, sie gehen nicht in die Restaurants, sie gehen nicht zu den Festen, sie haben nur ihre Freunde in der großen Stadt und vielleicht ihre Kinder aus früheren Ehen und ihre Geschäftspartner in London. Sie verstehen überhaupt nichts, sie sind tot! So tot, wie ich es noch nie erlebt habe. Sie sind aggressiv und verschwenderisch, und sie geben sich, als müssten sie sich über nichts Gedanken machen. Wenn du Geld hast, dann ist dir alles egal außer Geld. Und *deshalb* zahlen sie nicht. Und *deshalb* sind sie reich: weil sie nicht zahlen. Wenn diese Roosbeks wirklich so sind, wie wir glauben, also wenn sie wirklich süchtig nach Geld sind, dann kommt diese Geldsucht doch daher, dass sie Schiss haben, oder? Ihre eigene Unsicherheit macht ihnen Angst. Und Angst führt zu Panik, und Panik führt zu Schmerz, und Schmerz führt zu Wut, und Wut führt zu Hass.«

Ich setzte mich wieder.

»Gute Rede«, sagten einige und nickten mir zu. »Na ja«, sagte ein anderer. Ich bedankte mich, aber eigentlich war mein Auftritt bis zur nächsten Bestellung schon wieder vergessen. Außerdem begann gerade die Phase, in der die Biere zum ersten Mal nach dem Essen wieder anfingen zu wirken. Wir brauchten ein paar Anläufe, und die ersten Runden liefen noch schleppend, aber dann wurde Schnaps gebracht, und plötzlich hingen sich die unterschiedlichsten Gestalten in den Armen wie auf dem Handwerkerfrühschoppen.

Alte Lehrlinge von Hieronymus Bosch verschwanden auf dem Klo und kamen erfrischt wieder; Meuer lag unterm Tisch und band uns die Schnürsenkel zusammen; Franco schlich immer wieder zu uns heran und bat um Ruhe; Fio versuchte, Bashkim zu überreden, ein gutes Wort für ihn bei Perugino einzulegen; die Ventilatorenbrüder waren so besoffen, dass der eine anfing zu weinen und der andere nur noch stammelnd über seinem Bier hing. Und irgendwann, es ging in Richtung zehnte Stunde, führte ich für alle einen kleinen Tanz auf den rutschigen Fliesen auf, nachdem mir Kira eine Nachricht geschickt hatte, in der etwas Schönes stand.

Und während ich durch die Pizzeria tanzte und rutschte, erinnerte ich mich plötzlich. Ein Bild der vierzehnjährigen Kira tauchte vor mir auf: Sie war in Arbeitslehre gewesen! Man hatte mich losgeschickt, um Anschauungsmaterial aus einem der Klassenzimmer im Keller zu holen. Und da hatte Kira gesessen: Sie trug eine Schutzbrille und hielt einen Hammer in der Hand. Ihre schwarzen Haare waren lang, es waren keine Rastalocken, aber sie trug ein Marilyn-Manson-T-Shirt. Darauf saß Marilyn Manson mit weit heruntergelassenen Lederhosen auf einer Toilette und las ein Buch.

Ich erinnerte mich auf einmal in einer für diesen betrunkenen Zustand beinahe unangenehmen Klarheit. Und zum ersten Mal seit Wochen hielt ich wieder etwas für ein gutes Zeichen.

Gegen elf Uhr hatte sich die Pizzeria geleert, ohne dass wir es mitbekommen hatten. Einige Gäste hatten sich wohl über den Lärm beschwert, aber unsere Bierliste war so lang, dass sich Franco bis jetzt nicht getraut hatte, uns rauszuschmeißen.

Wenn ich mich umschaute, waren wir auch nicht mehr viele. Nur noch Hans-Jochen und Hans-Robert, zwei alte Lehrlinge, Meuer, Bashkim und ich.

Und unser alter Chef.

»So. Hör zu, Meuer«, sagte er.

Er sprach nachdrücklich, wie der besoffene Kommandant eines U-Boots. »Regle mal mit Franco, dass jeder noch einen Schnaps und einen Espresso bekommt. Und dann kommst du mit der Gesamtrechnung. Marsch!«

Meuer schoss los wie ein Torpedo. Er war froh, dass man ihn wieder wie einen Menschen und nicht wie den fahnenflüchtigen und alkoholkranken Lehrling behandelte. Franco kam wenig später mit der Rechnung, die so lang war, dass sie beinahe auf dem mit Bier verklebten Fliesenboden entlangwischte.

Unser Chef legte großzügig Hunderter auf den Tisch. Wir zogen uns unsere Jacken über, blieben aber noch einmal an der Bar hängen, wo wir anfingen, Grappa zu trinken. Dann wurde mir schlecht.

Wir standen vor der Pizzeria und wollten in der Werkstatt weiterfeiern. Die Letzten verabschiedeten sich in Taxis, der Rest kam mit: Meuer, Hans-Robert, Bashkim und ich. Wir schlappten durch die Siedlung und das Industriegebiet. Wir gingen am Bach entlang, an einer Werkstatt für Karosseriebau vorbei, und am Ende der Straße tauchten die dunklen Umrisse des Munitionskistenhauses auf.

Mein Chef musste seine Lesebrille aufsetzen, um die Werkstatttür aufzuschließen. Drinnen schaltete er das Licht an. In einer Ecke hatte er einen Tannenbaum in einen Schraubstock gesteckt und geschmückt. Wir gingen zusammen ins Kabuff. Der kleine Tisch in der Mitte war weihnachtlich gedeckt mit Tannenzweigen und Orangen und Lebkuchen.

»Wie süß«, sagte ich und meinte es ernst.

»Dachte mir schon, dass wir noch mal hier landen werden«, sagte er.

Wir setzten uns in unseren Winterjacken um den Tisch und tranken Bier. Jetzt rauchten alle.

Hans-Robert zeigte Meuer noch einmal seine Narbe, dann zog auch Bashkim seine Hose aus und präsentierte stolz das Einschussloch an seinem Oberschenkel. Irgendwann saßen alle in Unterhosen da. Dann fragte Hans-Robert nach Klebeband und Eiern. Er holte zwei Damenstrumpfhosen aus seiner Jackentasche und zog sich eine davon über den Kopf. Mein Chef ging rüber in sein Munitionskistenhaus und kam mit einer Packung Eier wieder. Also spielten wir das dümmste Spiel überhaupt. Wir steckten in jeweils ein Hosenbein der Damenstrumpfhosen ein rohes Ei. Dann stülpten wir uns die Strumpfhosen über den Kopf, damit wir aussahen wie Bankräuber aus dem vergangenen Jahrhundert, und wickelten uns die Hosenbeine mit den Eiern so um unsere Schädel, dass die Eier dicht am Kopf anlagen. Als Nächstes kamen die Waffen: Wir steckten PVC-Rohre in Isolierschläuche und umwickelten sie noch mal mit Klebeband. Dann gingen wir mit den Rohren aufeinander los und versuchten, dem Kontrahenten die Eier am Kopf zu zerschlagen, bevor der es bei einem selbst schaffte. Sonst gab es keine Regeln. Nach kurzer Zeit war der Werkstattboden übersät mit langen Schlieren aus Eigelb und Eiklar, unter denen sogar Meuers getrocknete Rotzklümpchen nicht mehr zu erkennen waren.

Ich lehnte mich auf einen Amboss, der auf einem großen Holzklotz stand, und rauchte genüsslich, während ich mir ansah, wie Bashkim auf dem versifften Werkstattboden herumtänzelte und versuchte, meinem Chef mit dem isolierten PVC-Rohr die Eier am Kopf kaputt zu schlagen. Mein Chef lachte, er hatte eine lautere, höhere Stimme als sonst und sprang ebenfalls herum. Heute war er *richtig* betrunken.

Ich ging raus in den Garten, in dem ein kleines Feuer kokelte. Mein Chef verbrannte seit Tagen alte Akten, Holz, Stühle, alles, was er nicht mehr brauchte und was seit Jahren bei ihm herumflog. Als ich mich an die Dunkelheit gewöhnt hatte, sah ich durch den Qualm irgendetwas im hintersten Winkel des Grundstücks liegen. Mit den Händen in den Hosentaschen schlich ich durch die Dunkelheit und ignorierte den Schatten, den ich am Boden liegen sah. Ich schleppte eine Europalette durch den Dreck und schmiss sie auf die Glut des fast ausgegangenen Feuers. Ich rauchte die Zigarette fertig und schmiss sie in die langsam aufsteigenden Flammen.

»Es geht bergab, ohne dass ich etwas dafür kann«, sagte das im Feuer aufleuchtende Gesicht am Boden.

Ich ging näher auf Meuer zu und kniete mich zu ihm runter. Ich klopfte ihm auf den Kopf und kratzte ein bisschen Eigelb von seiner Hose.

»Wir stehen am Rand«, lallte er.

»Ich weiß, Meuer. Wir stehen am Rand, nicht in der Mitte.«

»Ich fühl mich isoliert wie ein isoliertes Rohr.«

»Ich weiß. Ich versteh dich.«

»Dabei bin ich ein Bastler. Wenigstens mache ich was. Ich konsumiere nicht nur, ich produziere«, sagte er und versuchte aufzustehen.

»Ich weiß. Die schöpferisch Tätigen sind die einzig wahren Menschen«, sagte ich und blickte rüber zu unserem gefälschten Koons, der in der Dunkelheit lag wie Meuer.

»So was sagst du jetzt, wo du studierst, bist du behindert?«, sagte er und stand langsam auf. »Ich hab nicht das Gefühl, gebraucht zu werden, Mann. Ich weiß manchmal überhaupt nicht, was die Arbeit bringt, die ich mache. Mir kann auch niemand genau sagen, warum ich Schweißnähte abschleife und … und …« Und dann kotzte er sich in seine halboffene Jacke. Ich hielt sie unten am Bund zu, damit die Kotze nicht auch noch auf seine Hose lief, aber es war zu spät. Er zog den Reißverschluss der Jacke ganz runter, und der Brei lief auf den Rasen.

»Ah«, sagte ich. »*Du* hattest das Risotto.«

»Ich geh nach Hause«, sagte er und wischte sich mit dem Ärmel die Kotzreste aus den Mundwinkeln.

Ich begleitete ihn noch bis vorne zur Straße und stützte ihn ein bisschen. Er schaute mich noch einmal kurz und stumm an, dann nahm er mich in die Arme und atmete so tief aus, als würde er seine ganze Seele ausatmen. Ich klopfte ihm vorsichtig auf die Schultern und dachte dabei an meine Geschwister. Meuer machte sich von mir los und ging ohne ein weiteres Wort die Straße hoch durchs Industriegebiet. Ich beobachtete seinen krummen Laufweg unter den Straßenlaternen, bis er hinter der Galvanisierungsfabrik verschwand.

Zurück in der Werkstatt war die Stimmung ebenfalls auf dem Tiefpunkt. Nur noch Bashkim und Hieronymus saßen im Kabuff, Hans-Robert war auch schon nach Hause gewankt.

»Wir haben halt nicht studiert so wie Fansi jetzt«, sagte Bashkim gerade zu meinem Chef, ohne dass ich wusste, um was genau es ging.

Deshalb sagte ich, weil ich die Jammerei satthatte: »Dafür hast du in Faak am See abgeräumt.«

»*Best Radical!*«, sagte Bashkim und sprang auf und war sofort wieder euphorisch. »Aber trotzdem«, er setzte sich wieder. »Wir sind auf der Suche nach 'ner Partnerin schon ein bisschen im Nachteil. Da hilft mir Faak auch nicht viel.«

»Ach, darum geht's«, sagte ich. »Na ja, vielleicht sind wir ja auch beziehungsgestört oder zu leicht kränkbar.«

Mein Chef und Bashkim rümpften die Nasen und schnaubten verächtlich. Aber ich war sowieso nicht der Richtige für irgendwelche Diagnosen. Ich glaubte auch nicht, dass Bashkim, mein Chef und ich ein falsches Selbstbild hatten, ein überhöhtes oder so. Dass wir zu hochstrebende Vorstellungen von uns hatten, die mit der Wirklichkeit nicht übereinstimmten. Nein, es war etwas anderes.

»Komm doch morgen mit zum Klassentreffen«, riet ich Bashkim. »Wäre nicht das erste Mal, dass da jemand auf die große Liebe stößt.«

»Auf keinen Fall, keine Lust«, sagte er. »Warum überhaupt? Gehst du dahin?«

»Schon möglich«, sagte ich.

»Nee, ich hab keine Lust, mich die ganze Nacht zu vergleichen«, sagte er.

»Hmm, vielleicht hast du recht.«

»Klassentreffen hin oder her: Weißt du, was am schlimmsten ist, Fansi?«, sagte Bashkim. »Dass ich mich so unruhig fühle, ich sag's dir.«

Ich zuckte mit den Schultern. Und Bashkim sagte: »Das einzige Mittel dagegen ist eigentlich: nicht mehr denken zu müssen.«

Wir sprachen über Dinge und wussten, wir würden uns später nicht daran erinnern. Wahrscheinlich fragten wir uns, ob wir es machen würden oder nicht. Und wahrscheinlich sagte mein Chef: »Ich nehme es auf jeden Fall selbst in die Hand. Ich hab keine Lust, dass mir die Maden aus dem Gebiss krabbeln, weil sie vier Wochen lang vergessen haben, es zu reinigen.«

Als es in Richtung Morgen ging, wurde die Stimmung immer aufgeheizter. Bashkim stieg auf den Tisch im Kabuff und machte Geräusche wie ein Roboter, und wir lachten, aber es steckte sehr viel Wut in ihm. Als wir merkten, *wie* viel Wut in ihm steckte, hörten wir auf zu lachen und wurden für meinen Geschmack viel zu ernst.

Gegen halb sechs torkelten wir aus der Werkstatt. Es war eiskalt. Die Pfützen waren gefroren, und ich musste die Fensterscheiben des Fiorino freikratzen. Mein Chef und Bashkim luden ein paar Seile, eine Gasflasche, eine Rohrzange und ein Schweißgerät in den Kofferraum. Als ich den Motor startete, begann es ein bisschen zu schneien. Der Schnee drang durch die Lüftung des alten Wagens in den Innenraum.

Ich war so betrunken, dass ich nichts mehr spürte. Keine Angst, nichts, gar keine Gefühle.

Wir hatten unsere Mützen und Schals angezogen und saßen steif und schweigend auf den Sitzen. Bashkim trug Arbeitshandschuhe, mein Chef saß auf der Rückbank und schüttete sich eine Handvoll Kaugummis aus einer Plastikdose in den Mund.

Auf den Wiesen zwischen Kurpark und Industriegebiet blieb der Schnee liegen. Wir fuhren über die Umgehungsstraße in die Hügel. Zwischen den Häusern und den großen Gärten rutschten wir über Eiskristalle. Es war noch stockdunkel, im Tal lag beinahe unsichtbar die große Stadt.

»Mit mir geht sozusagen ein Typus Mensch«, sagte mein Chef kauend. »Und zwar einer, der seine Würstchen noch über Autoreifen gegrillt hat. Bei uns wurde noch die Phantasie gefördert, und wir sind auch mal ein bisschen gequält worden, sogar bis an die Grenze. Und das zu ertragen war wichtig. Und zu merken, dass da auch was Schönes dran ist. ›Stell dich nicht so an!‹, der Satz hat mich auch erzogen. Ich hasse ihn wie die Pest. ›Lass dich nicht so hängen!‹ Auch so ein Spruch. Aber wisst ihr was, Jungs? Durch so Sprüche wurde mir klar, dass niemand kommt und die Sache für mich macht; und dass es einfach manchmal wehtut, wenn man alleine ist.«

Bashkim und ich sagten nichts.

Dann fragte mein Chef, wie verwandelt und gutgelaunt: »Was ist jetzt mit dir, Fansi? Ziehst du das durch mit dem Studium?«

»Wahrscheinlich nicht«, sagte ich. »Wahrscheinlich geh ich zurück zu Perugino und fälsche mit dir was von Koons, stimmt's, Bashkim? Aber erst mal mach ich gar nichts.«

Bashkim saß mit kleinen roten Augen neben mir. Er hatte keine Ahnung gehabt, dass ich vorhatte, zurück zu Perugino zu gehen. Ehrlich gesagt wusste ich das bis eben selbst nicht. »Echt?«, lallte er. »Du kommst zurück? Du kommst echt zurück zu uns?«

»Ja, schon möglich.«

»Geil, supergeil.«

»Oder ihr macht *zusammen* diese Motorräder«, sagte mein Chef. »Macht doch euren eigenen Betrieb auf, könnt die Werkstatt haben.«

»Ja, warum nicht? Ich kann überallhin. Jederzeit«, sagte ich, und Bashkim saß neben mir und klatschte in die Hände.

»Das ist das Gute«, sagte er. »Und weißt du, was? Im Moment bekommt jemand, der eine App coden kann, noch dreißigtausend für diese App und wir fürs Klo dreihundert, aber in zehn Jahren wird das spätestens neu verhandelt, dann wird es andersrum sein.«

Ich kramte ein Paar Handschuhe aus meiner Jackentasche hervor und zog sie an.

»Komm zurück zu uns!«, sagte Bashkim.

»Ja, komm zurück zu uns, Fansi«, sagte mein Chef.

»Eigentlich ist alles egal«, sagte ich und schlug mir mit den behandschuhten Händen in die Hände. »Man sollte sich einfach immer vor Augen halten, dass man einer von Milliarden ist. Das macht die Dinge doch so banal, dass man alles tun und lassen kann, was man will, weil es eh niemanden interessiert. Ich kann faul sein oder mich schämen, ich kann auch einfach Spaß haben und mich einen Scheiß um …«

»Ach, Fansi, hör auf, red nicht so…«, sagte mein Chef.

Eine Weile lang sagte niemand mehr was, Bashkim nickte ein, und mein Chef kaute weiter Kaugummi. Wir schindeten Zeit. Die Wut verflog ein wenig, und deshalb kamen wir nicht an unser Ziel.

»Und was machst *du*?«, fragte ich meinen Chef, um die Stille zu durchbrechen. Er zuckte mit den Schultern, und ich bog endlich nach rechts zu den Reichen ab. »Gründe doch eine Partei«, sagte ich.

»Ja!«, rief Bashkim, der aus seinem kleinen Suffschlaf hochschreckte. »Gründe doch eine Partei!«

»Politik kann man doch eher mit der Reparatur eines Boilers vergleichen als mit Aufsatzschreiben«, sagte ich. »Du wärst bestimmt ein guter König. Du könntest deine Minister nach Mitgefühl auswählen und nach Mut und nicht nach ihrer Ausbildung oder so – oder weil du mit ihnen befreundet bist.«

Er sagte nichts. Er saß da und lächelte, seine Augenlider hingen, und ein bisschen glühte die rote Bindehaut darunter hervor. Die grauen Locken waren vom Ei verschmiert. Er stank, und ich stank, und Bashkim stank. Wir stanken alle drei.

Wir fuhren bei den Reichen in Kreisen. Manchmal zeigte mein Chef nach rechts, und ich fuhr nach rechts. Manchmal zeigte er nach links, und ich fuhr nach links.

Wir kamen am Haus von Daberkow vorbei. Es lag verlassen in der langsam aufkommenden Morgendämmerung. Bashkim wischte mit seinem Ärmel die Scheibe trocken, und wir schauten in den tropfenden Wald. Ein Vorhang wurde zur Seite geschoben, ein Fenster wurde gekippt. Daberkow trat im Bademantel aus dem Haus und ging langsam die Einfahrt herunter, direkt auf uns zu. Er holte eine Zeitung aus der Röhre, blickte auf und sah uns nicht. Wir winkten vorsichtig. Er schob den Kopf nach vorne, kniff die Augen zusammen und trat einen Schritt zurück. Dann drehte er sich um und ging zurück ins Haus.

»Das ist eine Sackgasse hier«, sagte ich.

Alle nickten, niemand sagte etwas. Ich legte den

Rückwärtsgang ein, und wir fuhren zurück ins Zentrum der mittelgroßen Stadt.

In drei Tagen war Weihnachten, und es war Samstag. Alle kamen aus den Universitäten und den ausländischen Firmen zurück, ich sah viele weiße Kondensstreifen am Himmel. Wahrscheinlich saß Aljoscha in einem der Flugzeuge und freute sich auf seine Eltern. Ich versuchte mir vorzustellen, wie Aljoscha jetzt aussah. Ich hatte ihn seit Jahren nicht gesehen.

Und wie Aljoscha kamen auch die anderen gerade aus Zürich oder London nach Hause. Heute Abend war Klassentreffen. »Ich geh nicht«, sagte Bashkim und musste so stark aufstoßen, dass ihm mein Chef schon die Jacke unten zuhalten wollte. »Ich geh nicht hin, kriegen mich keine zehn Pferde hin, echt nicht. Die sind doch immer noch alle gleich.«

»Wenn wir Pech haben, dann sitzt morgen niemand von uns auf irgendeinem Klassentreffen«, sagte mein Chef.

Brüllend und lallend sprachen wir über Menschen, die wir aus den Augen verloren hatten und vermutlich nie wiedersehen würden.

Wir hielten vor einer Bankfiliale und hoben so viel Geld ab, wie wir konnten. Dann fuhren wir zurück in den Wald und durch die Straßen mit Vogel- und Baumnamen. Ein Habicht flog durch den Amselweg, die Tannen waren mit einer weißen Eisschicht überzogen. Ich blickte abwechselnd zu den Tannen und zu den Flugzeugen hinauf. Zum ersten Mal spürte ich, wie voll die Welt wirklich war.

Als wir uns endlich genug Mut zugesprochen hatten,

stellten wir den Fiorino vor dem Haus der Roosbeks ab, und ich ließ den Motor laufen. Wir holten die Seile und die Gasflasche, das Panzerband und das Schweißgerät aus dem Wagen.

»Feierabend«, sagte mein Chef, als wir die Autotüren zuschmissen.

Das Tor war viel höher und das Rüberklettern viel mühsamer als gedacht. Wir mussten meinen Chef zu zweit drücken und schieben, Bashkim brach sich dabei einen Finger, und als ich daraufhin versuchte, Bashkim von der anderen Seite hochzuziehen, holte ich mir eine Platzwunde an irgendeinem Metallteil. Aber am Ende standen wir alle auf der anderen Seite.

ZITATE

S. 9: aus Tommaso Campanella, *Der Sonnenstaat*. In: *Der utopische Staat*. Herausgegeben und ins Deutsche übersetzt von Klaus J. Heinisch. Rowohlt Verlag 1975

S. 22: aus Andreas Bourani, »Auf uns«

DANK

Auch dieser Roman ist kein Ich-Produkt. Der Autor
dankt:
– seinem Cousin
– seinem Bruder
– seiner Tante
– seiner Lektorin
– seinem Chef
– er dankt Carina sehr
– und er dankt seinem Onkel und seinem Vater für
   Gespräche im Kabuff.

Leonhard Hieronymi
In zwangloser Gesellschaft
224 Seiten, Taschenbuch
ISBN 978-3-455-00956-9
Hoffmann und Campe

Nach einem Lachanfall in den Katakomben von Rom, der
doch irgendeinen Grund gehabt haben muss, macht sich
ein junger Mann auf den Weg: Durch Ohlsdorf, Constanţa,
Wien und Prag, entlang der Grabsteine Europas größter und
kleinster Literaten beginnt er eine Spurensuche – nach den
unheimlich Verschwundenen und den Unsterblichen. Häufiger
als erhofft stößt er dabei auf knutschende Paare, Bonbonpapier,
Champagnerflaschen und dann doch keine Mentholzigaretten;
trifft Orgelsachverständige, Totengräber und Hermann Hesses
Enkel, und es braucht neben Durchhaltevermögen nicht zuletzt
Rotwein, eine Arminius-Schreckschusspistole und eine frisierte
Vespa, bis er erstaunt zu dem Schluss kommt: Verschwinden ist
Luxus.

»Ein zackiger, leichter, lustiger Roman,
und eine Liebeserklärung an die Literatur.«
Jörg Petzold, *Flux FM*

»Der Roman ist rasant, bunt und reich an
greifbaren Figuren und skurrilen Geschichten.«
Galore